TRES HABITACIONES
EN MANHATTAN

GEORGES SIMENON

TRES HABITACIONES
EN MANHATTAN

TRADUCCIÓN DEL FRANCÉS
DE NÚRIA PETIT

ANAGRAMA & ACANTILADO
BARCELONA 2021

TÍTULO ORIGINAL   *Trois chambres à Manhattan*

Publicado por
ANAGRAMA & ACANTILADO

Pedró de la Creu, 58
08034 Barcelona
Tel. 932 037 652
Fax. 932 037 738
anagrama@anagrama-ed.es
www.anagrama-ed.es

Muntaner, 462
08006 Barcelona
Tel. 934 144 906
Fax. 934 636 956
correo@acantilado.es
www.acantilado.es

ISBN: 978-84-339-0212-2
DEPÓSITO LEGAL: B. 12 368-2021

DURÓ   *Gráfica*
QUADERNS CREMA   *Composición*
LIBERDÚPLEX   *Impresión y encuadernación*

PRIMERA EDICIÓN   *noviembre de 2021*

Se había incorporado bruscamente, exasperado, a las tres de la mañana, se había vestido, había estado a punto de salir sin corbata, en zapatillas, con el cuello del abrigo levantado, como esas personas que pasean el perro por la noche o por la mañana temprano. Una vez en el patio de aquella casa, que al cabo de dos meses aún no lograba considerar como una casa de verdad, al levantar maquinalmente la cabeza vio que había olvidado apagar la luz, pero no tuvo valor para volver a subir.

¿Qué estarían haciendo allá arriba, en la casa de J. K. C.? ¿Estaría ya vomitando Winnie? Probablemente. Gimiendo, al principio débilmente, luego cada vez con más fuerza, y estallando al final en una interminable crisis de llanto.

Sus pasos resonaban en las calles casi vacías de Greenwich Village y seguía pensando en esos dos, que una vez más no lo habían dejado dormir. Jamás los había visto. Hasta ignoraba lo que significaban esas letras: J. K. C. Sólo las había leído, pintadas de verde, en la puerta de su vecino.

También sabía, porque una mañana pasó por el pasillo cuando la puerta estaba entreabierta, que el suelo era negro, de un negro reluciente como de laca, probablemente un barniz, cosa que lo había sorprendido porque además los muebles eran rojos.

Sabía muchas cosas, pero fragmentarias, sin poder relacionarlas entre sí: que J. K. C. era pintor y que Winnie vivía en Boston.

¿A qué se dedicaba ella? ¿Por qué venía invariablemente todos los viernes por la noche a Nueva York y no otro día o a pasar el fin de semana, por ejemplo? Hay profesiones en que se libra un día determinado de la semana. Llegaba en taxi, de la estación, evidentemente, un poco antes de las ocho de la tarde. Siempre a la misma hora, con pocos minutos de diferencia, lo cual indicaba que venía en tren.

En ese momento hablaba con su voz aguda, pues Winnie tenía dos voces. Se la oía ir y venir charlando despreocupadamente, como quien está de visita.

La pareja cenaba en el taller. Normalmente, el dueño de un restaurante italiano del barrio traía la comida un cuarto de hora antes de que llegase la joven.

J. K. C. hablaba poco, con una voz sorda. Aunque las paredes no eran gruesas, las otras noches, cuando telefoneaba a Boston, nunca se oía lo que decía, salvo algunas palabras sueltas.

¿Y por qué no telefoneaba nunca antes de las doce de la noche, y a veces mucho después de la una?

—Aló… ¿Conferencias?

Y Combe sabía que la cosa iba para largo. Reconocía la palabra «Boston», pero nunca había podido distinguir el nombre de la oficina. Luego oía el nombre de Winnie y el apellido que empezaba por una P, una O y una L, pero no sabía cómo terminaba.

Y al final el largo murmullo, en sordina.

Era exasperante, pero no tanto como los viernes. ¿Qué bebían con la cena? Lo cierto es que bebían mucho. Sobre todo Winnie, porque su voz no tardaba en sonar más grave y más metálica.

¿Cómo podía desatarse de esta manera en tan poco tiempo? Jamás había imaginado tanta violencia en la pasión, tanta bestialidad sin freno.

Mientras tanto él, ese J. K. C. de rostro desconocido,

mantenía la calma y el control, seguía hablando con una voz monótona y como condescendiente.

Tras cada nuevo arrebato, ella volvía a beber, pedía más bebida; Combe adivinaba el taller desordenado, a menudo con copas rotas sobre el famoso suelo negro.

Esta vez había salido sin esperar el cambio inevitable, las idas y venidas precipitadas al cuarto de baño, los hipidos, los vómitos, las lágrimas, y finalmente aquel quejido interminable, de animal enfermo o de mujer histérica.

¿Por qué seguía pensando en ello y por qué se había marchado? Se había prometido a sí mismo que una mañana estaría en el pasillo o en la escalera cuando ella saliera. Porque, después de semejantes noches, la mujer tenía el valor de levantarse invariablemente a las siete. No necesitaba despertador. Y no despertaba a su compañero, pues no se les oía hablar.

Tras algunos ruidos en el cuarto de baño y seguramente un beso en la frente del hombre dormido, abría la puerta, se deslizaba fuera y sin duda caminaba a paso ligero por las calles buscando un taxi que la llevara a la estación.

¿Qué aspecto tenía? ¿Se le notarían en la cara, en la lasitud de sus hombros, en la voz ronca, los estragos de la noche?

Aquella era la mujer que le habría gustado ver. No la de la tarde, la que bajaba del tren segura de sí misma y entraba en el taller como quien va de visita a casa de unos amigos.

La de la mañana, la que se iba sola al amanecer mientras el hombre, egoísta, seguía durmiendo tranquilamente, con la frente sudada rozada por un beso.

Había llegado a un cruce que reconocía vagamente. Un club nocturno estaba cerrando. Los últimos clientes, en la acera, esperaban en vano que pasara algún taxi. Dos hombres que habían bebido mucho, justo en la esquina, no conseguían separarse, se estrechaban la mano, se alejaban un momento y enseguida volvían a juntarse para intercambiar las últimas confidencias o para declararse de nuevo su amistad.

También él parecía un hombre que sale de un club nocturno y no de quien sale de la cama.

Pero no había bebido nada. No estaba animado. No había pasado la noche en un ambiente cálido de música, sino en el desierto de su habitación.

Una estación de *subway*, muy negra, metálica, en medio del cruce. Un taxi amarillo que se paraba por fin junto a la acera y diez clientes que lo asaltaban en tromba. El taxi conseguía no sin esfuerzo marcharse de vacío. Probablemente aquellas personas no iban en su misma dirección.

Dos grandes avenidas casi vacías, con las aceras bordeadas por una especie de guirnaldas de bolas luminosas.

En la esquina, unos escaparates enormes adornados con una luz violenta, agresiva, de una vulgaridad chillona, una especie de jaula de vidrio ancha en la que se veía a unos seres humanos formando manchas oscuras y en la que penetró para dejar de estar solo.

Unos taburetes fijados al suelo a lo largo de una barra interminable de un material de plástico frío. Dos marineros borrachos a duras penas se tenían de pie, y uno de ellos le estrechó la mano muy serio mientras le decía algo que él no entendió.

Se sentó sin proponérselo al lado de una mujer, y no se dio cuenta hasta que el negro de chaquetilla blanca se detuvo delante de él esperando que pidiera.

Olía a juerga, a cansancio colectivo, a noches en las que uno se arrastra y se resiste a irse a la cama, y también olía a Nueva York, a su abandono brutal y tranquilo.

Pidió cualquier cosa, unos perritos calientes. Luego miró a su vecina y ella lo miró. Acababan de servirle unos huevos fritos con bacon, pero la mujer, sin tocarlos, encendía un cigarrillo despacio, sin prisa, tras dejar marcada la curva roja de sus labios en el papel del cigarrillo.

—¿Es usted francés?—le preguntó en francés, en un francés que al principio le pareció sin acento.

—¿Cómo lo ha adivinado?

—No sé. En cuanto entró, antes de que dijera una palabra, pensé que era francés. —Y añadió, con una pizca de nostalgia en la sonrisa—: ¿Parisiense?

—Parisiense de París…

—¿De qué barrio?

¿Vio la mujer que los ojos se le nublaban ligeramente?

—Tenía una casa en Saint-Cloud… ¿Lo conoce?

Ella recitó, como en los barcos parisienses:

—Pont de Sèvres, Saint-Cloud, Point-du-Jour…—Y con una voz algo más grave, añadió—: Viví seis años en París… ¿Conoce la iglesia de Auteuil? Mi piso estaba al lado, en la rue Mirabeau, a dos pasos de la piscina Molitor…

¿Cuántos clientes había en el local? Apenas una docena, separados unos de otros por taburetes vacíos y por otro vacío indefinible y más difícil de atravesar, un vacío que emanaba tal vez de cada uno de ellos.

Los únicos nexos de unión entre ellos eran los dos negros con chaquetilla sucia que de vez en cuando se volvían hacia una especie de trampilla y sacaban un plato lleno de algo caliente que luego deslizaban por la barra hacia alguno de los clientes.

¿Por qué daba todo aquello una impresión de grisura, a pesar de las luces cegadoras? Era como si las lámparas cuya luz hería los ojos fueran incapaces de disipar toda la noche que los hombres, surgidos de la oscuridad de fuera, traían consigo.

—¿No come?—preguntó él para romper el silencio.

—No tengo prisa.

La mujer fumaba como las estadounidenses, con los mismos gestos, el mismo mohín en los labios que vemos en la portada de las revistas y en las películas. Adoptaba las mismas poses, la misma manera de echarse el abrigo de pieles por los hombros, de mostrar el vestido de seda negra y de cruzar las largas piernas enfundadas en medias claras.

No necesitaba volverse hacia ella para mirarla. Había un espejo que ocupaba toda la pared del local y los dos se veían en él, el uno al lado de la otra. La imagen era dura, y el hombre habría jurado que los rasgos estaban un poco torcidos.

—¡Usted tampoco come!—dijo ella—. ¿Hace mucho que está en Nueva York?

—Unos seis meses.

¿Por qué creyó necesario presentarse? Un arranque de orgullo, sin duda, del que enseguida se arrepintió:

—François Combe—pronunció sin el suficiente desparpajo.

Ella tuvo que oírlo. No se inmutó. Sin embargo, había vivido en Francia.

—¿En qué época estaba usted en París?

—Espere… La última vez fue hace tres años… También pasé por allí cuando me fui de Suiza, pero apenas me detuve. —Y añadió sin transición—: ¿Conoce usted Suiza?—Luego, sin esperar la respuesta—: Pasé dos inviernos en un sanatorio, en Leysin.

Curiosamente, fueron estas pocas palabras las que hicieron que por primera vez la mirase como a una mujer. Ella seguía hablando, con una alegría superficial que lo conmovió:

—No es tan terrible como parece… Al menos para los que lo superan… Me aseguraron que estaba curada para siempre…

Aplastó lentamente el cigarrillo en un cenicero y él miró una vez más la mancha como de sangre que sus labios habían dejado. ¿Por qué, por un segundo, pensó en esa Winnie que nunca había visto?

Tal vez por la voz, de pronto se dio cuenta. Aquella mujer de la que no sabía ni el nombre ni el apellido tenía una de las voces de Winnie, su voz grave, la de los momentos trágicos, la del quejido animal.

Era un sonido un poco sordo y hacía pensar en una herida mal cicatrizada, en un dolor que ya no se sufre conscientemente pero que uno guarda, suavizado y familiar, en su interior.

La mujer le estaba pidiendo algo al negro, y Combe frunció el ceño porque en la entonación y en la expresión de la cara imprimía la misma seducción natural que al dirigirse a él.

—Los huevos se le enfriarán—dijo enojado.

¿Qué esperaba? ¿Por qué sentía ganas de estar fuera de aquel local, donde un espejo sucio les devolvía la imagen de los dos?

¿Acaso esperaba que se fueran juntos, así, sin conocerse?

Ella empezó a comerse los huevos lentamente, con unos gestos exasperantes. Se interrumpía para echar pimienta en el zumo de tomate que acababa de pedir.

Parecía una película a cámara lenta. Uno de los marineros, en un rincón, estaba mareado, como seguramente lo estaba Winnie ahora mismo. Su compañero lo ayudaba con una fraternidad conmovedora y el negro los miraba, olímpicamente indiferente.

Permanecieron una hora allí y él seguía sin saber nada de ella; le irritaba que encontrase sin cesar una nueva ocasión para demorarse.

En su mente, era como si desde siempre hubiesen acordado irse juntos y, por lo tanto, como si con su obstinación inexplicable ella le estuviera robando un poco del tiempo que les correspondía.

Durante ese rato lo preocuparon varios pequeños problemas. Entre otros, el acento, pues, aunque la mujer hablaba un francés perfecto, no dejaba de percibir un ligerísimo acento que no lograba identificar.

Lo comprendió cuando le preguntó si era estadounidense y ella respondió que había nacido en Viena.

—Aquí me llaman Kay, pero de niña me llamaban Kathleen. ¿Conoce usted Viena?

—Sí.

—¡Ah!

Ella lo miró de un modo parecido a como él la miraba. En suma, ella no sabía nada de él y él no sabía nada de ella. Eran más de las cuatro de la mañana. De vez en cuando, entraba alguien, procedente de Dios sabe dónde, y se sentaba en uno de los taburetes con un suspiro de cansancio.

Ella seguía comiendo. Había pedido un pastel espantoso cubierto de una crema lívida y recogía trocitos minúsculos con la punta de la cuchara. Cuando él creyó que ya había acabado, llamó al negro y le pidió un café y, como se lo sirvieron ardiendo, hubo que esperar un rato más.

—Deme un cigarrillo, si no le importa. Se me han terminado.

Sabía que se lo fumaría entero antes de salir, que tal vez le pediría otro, y se sorprendía él mismo de su impaciencia sin objeto.

¿Acaso, una vez fuera, le tendería simplemente la mano y le diría adiós?

Cuando por fin salieron, ya no quedaba nadie en el cruce, sólo un hombre dormido, de pie, apoyado en la entrada del *subway*. Ella no propuso tomar un taxi. Echó a andar, siguiendo con naturalidad una acera, como si tuviese que llevarla a algún sitio.

Y, cuando hubieron recorrido unos cien metros, después de que ella tropezase una o dos veces a causa de los tacones demasiado altos, se colgó del brazo de su compañero, como si llevaran toda la vida caminado así por las calles de Nueva York, a las cinco de la mañana.

Iba a recordar hasta el menor detalle de aquella noche que tal sensación de incoherencia le causaba, que tan irreal le parecía mientras la vivía.

La Quinta Avenida, interminable, que reconoció de pronto, tras haber recorrido una docena de manzanas, al ver una pequeña iglesia…

—¿Estará abierta la puerta?—dijo Kay deteniéndose. Luego, con una nostalgia inesperada, añadió—: ¡Me gustaría tanto que estuviera abierta!

Lo obligó a comprobar que todas las puertas estaban cerradas.

—Mala suerte…—suspiró, colgándose de nuevo de su brazo. Luego, un poco más allá, añadió—: Un zapato me hace daño.

—¿Quiere que cojamos un taxi?

—No, caminemos.

Él no sabía su dirección y no se atrevía a preguntársela. Era una sensación extraña caminar así en la ciudad inmensa, sin tener la menor idea de adónde iban, de su futuro más inmediato.

Contempló la imagen de los dos reflejada en un escaparate. Ella se inclinaba un poco sobre él, quizá por el cansancio, y él pensó que se parecían a los amantes que, la víspera, le habían hecho sentir hastío de su soledad.

Sobre todo las últimas semanas, alguna vez había apretado los dientes al ver pasar a una pareja que olía a pareja, una pareja de la que emanaba una especie de olor a intimidad amorosa.

Y ahora, para los que los veían pasar, ellos también formaban una pareja. ¡Extraña pareja!

—¿Le apetecería tomar un whisky?

—Creía que estaba prohibido a esta hora.

Pero ella ya se disponía a poner en práctica su idea y lo arrastraba hacia una calle transversal.

—Espere… No, no es aquí… Es en la siguiente…

Febril, aún se equivocaría dos veces de edificio y haría abrir la puerta cerrada a cal y canto de un bar del que se filtraba algo de luz y donde un hombre de la limpieza los miró asustado. No se daba por vencida, le preguntaba al de la limpieza, y por fin, tras un cuarto de hora de idas y venidas, entraron en un sótano, un antro donde tres hombres bebían lúgubremente apoyados en la barra. Ella conocía el sitio. Llamó Jimmy al barman, pero al poco rato se acordó de que era Teddy y éste, indiferente, recibió una explicación con todo detalle de su error. También le habló de la gente con la que había venido una vez, y el otro la seguía mirando inexpresivo.

Tardó casi media hora en beberse un escocés, pidió otro y después encendió un cigarrillo, siempre el último.

—En cuanto termine éste, nos vamos—prometía cada vez.

Se iba volviendo más locuaz. En la calle, su mano apretó con fuerza el brazo de Combe y por poco se cayó al subirse a la acera.

Habló de su hija. Tenía una hija en alguna parte de Europa, pero él no pudo saber dónde ni por qué estaban separadas.

Estaban llegando a la Calle 52 y, al final de las calles transversales, veían ahora las luces de Broadway, con la muchedumbre negra fluyendo por las aceras.

Eran casi las seis. Habían caminado mucho. Los dos estaban cansados y fue Combe quien de pronto se arriesgó:

—¿Dónde vive usted?

Ella se paró en seco y lo miró con unos ojos en los que él de entrada creyó leer enfado. Se equivocaba, enseguida se dio cuenta. Era turbación, tal vez verdadera angustia lo que invadió aquellos ojos de los que aún no conocía el color.

Ella dio unos pasos sola, unos pasos precipitados, como si quisiera huir. Luego se detuvo y lo esperó.

—Desde esta mañana—dijo mirándolo a la cara, con las facciones endurecidas—, no vivo en ninguna parte.

¿Por qué Combe se emocionó hasta el punto de sentir ganas de llorar? Estaban allí, de pie delante de un escaparate, con las piernas tan cansadas que casi no se tenían, con esa acritud del alba atenazándoles la garganta y ese vacío un poco doloroso en el cráneo.

¿Los dos whiskies les habían puesto los nervios a flor de piel?

Era ridículo. Los dos tenían los párpados humedecidos y parecían espiarse. Y él, con un gesto tontamente sentimental, agarraba las dos muñecas de su compañera.

—Venga…—dijo. Y, tras una ligera vacilación, añadió—: Venga, Kay.

Era la primera vez que pronunciaba su nombre.

Ella preguntó, ya dócil:

—¿Adónde vamos?

Combe no lo sabía. No podía llevarla a su casa, a ese cuchitril que detestaba, a esa habitación que no habían limpiado desde hacía ocho días y con la cama que estaba sin hacer.

Reemprendieron la marcha y, ahora que ella había confesado que ni siquiera tenía domicilio, él sentía miedo a perderla.

Ella hablaba. Contaba una historia complicada, llena de nombres, sobre todo nombres de pila, que a él no le decían nada pero que ella pronunciaba como si todo el mundo tuviese que conocerlos.

—Compartía piso con Jessie… ¡Me gustaría mucho que conociese a Jessie! Es la mujer más seductora que he conocido… Su marido, Ronald, obtuvo un puesto importante hace tres años en Panamá… Jessie intentó vivir allí con él, pero no pudo, por motivos de salud… Volvió a Nueva York, Ronald estuvo de acuerdo, y alquilamos un piso juntas… Estaba en Greenwich Village, no lejos del lugar donde nos hemos conocido…

Él escuchaba y, al mismo tiempo, trataba de resolver el problema del hotel. Seguían caminando y era tal su cansancio que ya no lo notaban.

—Jessie tuvo un amante, Enrico, un chileno casado y con dos hijos… Estaba a punto de divorciarse por ella… ¿Comprende?

Pues claro, pero seguía con indolencia el hilo de la historia.

—Alguien debió de decírselo a Ronald, creo que ya sé quién fue… Esta mañana, yo acababa de salir cuando él ha llegado de improviso… Los pijamas y la bata de Enrico aún estaban en el armario… La escena ha debido de ser terrible… Ronald es de esos hombres que no pierden la calma en las circunstancias más difíciles, pero no me atrevo a imaginar cómo son sus enfados… Cuando he vuelto, a las dos de la tarde, la puerta estaba cerrada… Un vecino me ha oído llamar… Jessie, antes de irse, había logrado dejarle una carta para mí… La tengo en el bolso…

Iba a abrir ese bolso y a sacar la carta para mostrársela,

pero acababan de atravesar la Sexta Avenida y Combe se había detenido debajo del rótulo luminoso de un hotel. El rótulo era violeta, de un violeta feo, de neón: Lotus Hotel.

Condujo a Kay al vestíbulo y, más que nunca, parecía tener miedo de algo. Se inclinó sobre el mostrador para hablar a media voz con el conserje nocturno y éste le entregó una llave con una placa de latón.

El mismo empleado los acompañó en el ascensor minúsculo que olía a retrete. Kay pellizcó el brazo de su compañero, diciéndole en voz baja:

—Trata de conseguir whisky. Apuesto a que tiene...

Sólo más tarde se dio cuenta de que lo había tuteado.

Era más o menos la hora en la que Winnie se levantaba sin hacer ruido, salía de la cama medio sudada de J. K. C. y se metía en el cuarto de baño.

La habitación del Lotus tenía el mismo aspecto polvoriento que el día que empezaba a filtrarse entre las cortinas.

Kay se había sentado en un sillón, con el abrigo de pieles sobre los hombros, y con un movimiento maquinal se había desprendido de los zapatos de ante negro, de tacones demasiado altos, que ahora yacían sobre la alfombra.

Sostenía el vaso, del que bebía a pequeños sorbos, con la mirada un poco fija. El bolso en su regazo estaba abierto. Una de las medias tenía una carrera larga, como una cicatriz.

—Ponme otra copa, por favor. Te juro que es la última.

Se veía que la cabeza le daba vueltas. Apuró la copa más deprisa que las otras y se quedó un buen rato como ensimismada, como lejos, muy lejos de la habitación, lejos del hombre que esperaba sin saber aún qué esperaba exactamente.

Por fin se levantó, y se le veían los dedos de los pies a

través del rosa transparente de las medias. Primero volvió la cabeza durante un segundo, luego simplemente, tan simplemente que ese gesto pareció decidido desde siempre, dio dos pasos hacia su compañero, separó los brazos para cogerlo por los hombros, se puso de puntillas y pegó su boca a la de él.

Los encargados de la limpieza acababan de enchufar los aspiradores eléctricos en los pasillos y el conserje nocturno, abajo, se preparaba para volver a casa.

2

Lo más desconcertante es que había estado a punto de alegrarse de no encontrarla a su lado, mientras que, una hora o incluso unos minutos más tarde, ese sentimiento ya le parecía inverosímil, por no decir monstruoso. Por otra parte, había sido un pensamiento inconsciente, con lo cual casi podía negar honradamente, aunque sólo fuera ante sí mismo, esa primera traición.

Al despertarse, la habitación estaba a oscuras, atravesada por dos haces anchos y rojizos que los rótulos luminosos de la calle clavaban como cuñas a través de las rendijas de las cortinas.

Había extendido la mano y su mano sólo había hallado la sábana ya fría.

¿Se había alegrado de verdad, había pensado, pensado conscientemente, que así todo resultaba más sencillo, más fácil?

No, seguro que no, puesto que al descubrir luz debajo de la puerta del cuarto de baño había sentido un ligero shock en el pecho.

De cómo transcurrieron luego las cosas apenas conservaba un recuerdo, de tan fácil y natural como había sido todo.

Se había levantado, recordaba, porque le apetecía fumar. Ella debió de oír sus pasos en la alfombra y abrió la puerta estando todavía en la ducha.

—¿Sabes qué hora es?—había preguntado alegremente.

Y él, que se avergonzaba de su desnudez y buscaba el calzoncillo, contestó:

—No, no lo sé.

—Las siete y media, querido Frank.

Y ese nombre, con el que nadie lo había llamado nunca antes de aquella noche, lo hizo sentir de pronto más ligero, con una ligereza que lo acompañaría durante horas y lo haría todo tan fácil que tendría la maravillosa impresión de hacer malabares con la vida.

¿Qué más había pasado? No tenía importancia. Ahora ya nada tenía importancia.

Había dicho, por ejemplo:

—No sé cómo voy a afeitarme…

Y ella había contestado en un tono más tierno que irónico:

—Sólo tienes que telefonear al botones y decirle que vaya a comprarte una navaja y jabón de afeitar. ¿Quieres que llame yo?

Le hacía gracia. Ella se despertaba sin arrugas, y en cambio él seguía siendo torpe, rodeado de una realidad tan nueva que dudaba de que fuese real.

Ahora recordaba ciertas entonaciones, cuando ella había constatado, por ejemplo, con una pizca de satisfacción:

—No estás gordo…

Y él había respondido con toda la seriedad del mundo:

—Siempre he practicado deporte.

Había estado a punto de hinchar los pectorales, de sacar los bíceps.

Resultaba extraña esa habitación en la que se habían acostado de noche y en la que se despertaban de noche. Casi le daba miedo dejarla, como si temiese dejar en ella una parte de sí mismo que tal vez jamás podría recuperar.

Y lo más curioso es que ni a él ni a ella se les ocurrió darse un beso. Se vistieron los dos, sin avergonzarse. Ella dijo en un tono reflexivo:

—Tendré que comprarme unas medias.

Pasaba un dedo mojado con saliva por la carrera en la que él se había fijado la víspera.

Por su parte, él le preguntaba con cierta torpeza:

—¿Te importaría dejarme el peine?

La calle, desierta cuando habían llegado, ahora era ruidosa, llena de gente y de bares, de restaurantes, de tiendas separadas raramente por algún vacío oscuro.

Lo cual hacía más grata aún esa soledad equívoca, ese relajo que tenían la impresión de robarle a la multitud de Broadway.

—¿No te has dejado nada?

Esperaban el ascensor; ahora lo conducía una chica de uniforme, indiferente y malhumorada, y no el empleado de noche. De haber salido una hora antes, lo habrían encontrado en su puesto, y él sí lo habría comprendido.

Abajo, Combe fue a dejar la llave, mientras Kay, muy tranquila, impecable, lo esperaba a pocos pasos, como se espera a un marido o a un amante de siempre.

—¿Quieren conservar la habitación?

Él dijo que sí por si acaso, en voz baja y rápida, no sólo a causa de ella, sino sobre todo por una especie de superstición, para no asustar a la suerte pareciendo presagiar ya el futuro.

¿Qué sabía del futuro? Nada. Seguían sin saber nada el uno del otro, menos aún que la víspera quizá. Y, sin embargo, nunca dos seres, dos cuerpos humanos se habían abismado el uno en el otro más salvajemente, con una especie de furor desesperado.

¿Cómo y en qué momento se habían sumido en el sueño? No lo recordaba. Se había despertado una vez, cuando ya era de día. La había encontrado con la cara todavía dolorida, el cuerpo como desmembrado, con un pie y una mano colgando fuera de la cama hasta el suelo, y la había vuelto a acostar sin que ella abriera los ojos.

Ahora estaban fuera, de espaldas al rótulo violeta del Lotus y Kay lo cogía del brazo, como durante la interminable caminata de la noche anterior.

¿Por qué le reprochaba haberlo cogido del brazo ya la víspera, haberse colgado demasiado pronto y con demasiada naturalidad, según le parecía ahora, del brazo de ese desconocido que era él?

Ella dijo cómicamente:

—¿Tal vez podríamos comer?

Cómicamente porque todo les parecía cómico, porque andaban entrechocándose con la multitud con una ligereza de pelotas de pimpón.

—¿Cenar?—preguntó él.

Y ella se echó a reír.

—¿Y si empezáramos por el desayuno?

Él ya no sabía quién era ni qué edad tenía. No reconocía esa ciudad por la que había paseado, amargado o crispado, durante más de seis meses, y cuya poderosa incoherencia de pronto lo maravillaba.

Esta vez era ella la que lo guiaba como si fuese lo más natural, y él le preguntó, dócil:

—¿Adónde vamos?

—A comer algo a la cafetería del Rockefeller Center.

Ya estaban llegando al edificio central. Kay avanzaba muy segura por los amplios pasillos de mármol gris y, por primera vez, él sintió celos. Era ridículo.

Sin embargo, preguntó con una voz ansiosa de adolescente:

—¿Vienes a menudo?

—A veces. Cuando estoy por el barrio.

—¿Con quién?

—Imbécil.

Parecía que hubiesen recorrido milagrosamente, en una noche, en menos de una noche, el ciclo que los amantes tardan semanas o meses en vivir.

Él se sorprendió espiando al camarero que tomaba la comanda para asegurarse de que no la conocía, de que no había venido varias veces con otros, de que no le dirigiría una seña de reconocimiento.

Sin embargo, no la amaba. Estaba seguro de no amarla. Empezaba a sacarlo de quicio ver cómo sacaba un cigarrillo del bolso, con gestos convencionales, cómo se lo llevaba a los labios, cuyo carmín coloreaba inmediatamente el papel, cómo buscaba el encendedor.

Acabaría el cigarrillo, él lo sabía, tanto si le habían servido como si no. Encendería otro, y otros más sin duda alguna antes de decidirse a apurar la taza de café con leche. Se fumaría un último cigarrillo antes de salir, antes de aplastar la barra de carmín contra los labios adelantándolos ligeramente, con una gravedad exasperante, mirándose en el espejo del bolso.

Pero se quedaba. No podía ni siquiera pensar en hacer otra cosa que no fuese quedarse. Esperaba, resignado a eso, resignado tal vez también a muchas otras cosas, y se vio en el espejo, con una sonrisa a la vez crispada y pueril, una sonrisa que le recordaba su época de colegial, cuando se preguntaba trágicamente si una aventura que iniciaba llegaría hasta el final.

Tenía cuarenta y ocho años.

Aún no se lo había dicho. No habían hablado de eso. ¿Le confesaría la verdad? ¿Diría cuarenta? ¿Cuarenta y dos?

¿Quién sabe, además, si seguirían conociéndose dentro de una hora, dentro de media hora?

¿No era por eso por lo que se demoraban, por lo que habían empleado el tiempo en demorarse desde que se conocían, porque nada les permitía vislumbrar un futuro posible?

La calle una vez más, la calle donde, en definitiva, más se sentían como en casa. Lo cierto es que allí les cambiaba el humor y recuperaban automáticamente aquella ligereza milagrosa que habían conocido por casualidad.

Había gente haciendo cola delante de los cines. Algunas de las puertas acolchadas que guardaban unos hombres de uniforme debían ser la entrada de las salas de baile.

Ellos no entraban en ningún sitio. No tenían intención. Iban trazando un surco zigzagueante en medio de la multitud, hasta que en un determinado momento Kay se volvió hacia él y lo miró con una cara en la que él reconoció enseguida cierta sonrisa.

De hecho, ¿no era aquella sonrisa la causa de todo?

Sentía ganas de decirle, como a un niño, antes de que hablase: «Sí». Porque él lo sabía. Y ella comprendió que él lo sabía. La prueba es que le prometió:

—Uno sólo, por favor.

No se tomaron la molestia de buscar y, en la primera esquina, empujaron la puerta de un bar. Era tan íntimo, tan tranquilo, tan voluntariamente cómplice de los enamorados que les pareció que lo habían puesto adrede en su camino, y Kay lo miró como diciendo: «¿Lo ves?». Luego, tendiendo la mano, murmuró:

—Dame cinco *cents*.

Él no comprendía, pero le tendió la moneda de níquel. La vio acercarse, en la esquina de la barra, a una máquina enorme de formas redondeadas que contenía un fonógrafo automático con su colección de discos.

Estaba más seria de lo que él la había visto nunca. Con el ceño fruncido, leía los títulos de los discos al lado de las teclas de metal y, por fin, debió de encontrar lo que buscaba, tecleó y volvió a encaramarse al taburete.

—Dos whiskies.

Kay esperaba las primeras notas, con una vaga sonrisa en los labios, y él sintió en ese momento el segundo pinchazo de celos. ¿Con quién y dónde había oído ella esa pieza que había estado buscando tan seria?

Estúpidamente, espió al indiferente barman.

—Escucha… No pongas esa cara, amor mío…

Y de la máquina envuelta en una luz anaranjada brotaba muy suave, casi confidencial, una de esas melodías que durante seis meses o un año, cuchicheadas por una voz tiernamente insinuante, sirven para acunar miles de amores.

Ella le había agarrado el brazo. Lo apretaba. Le sonreía y, por primera vez, él descubría en esa sonrisa unos dientes blancos, demasiado blancos, de un blanco un poco frágil.

¿De veras quiso hablar? En todo caso, ella dijo:

—¡Shh!—Y, un poco más tarde, le pidió—: Dame otro *nickel*, si no te importa.

Para volver a poner el mismo disco que, aquella noche, bebiendo whiskies y sin prácticamente hablarse, pusieron siete u ocho veces.

—¿No te molesta?

Claro que no. Nada le molestaba y, sin embargo, ocurría un fenómeno curioso. Quería quedarse con ella. Le parecía que sólo con ella estaba bien. Le tenía un miedo cerval al momento en que sería preciso separarse. Al mismo tiempo, tanto en la cafetería, como por la noche en el local donde se conocieron o aquí, en el bar en el que habían acabado recalando, era presa de una impaciencia casi física.

La música terminaba embargándolo también a él con una especie de ternura a flor de piel, pero eso no impedía que deseara acabar con aquello, y se prometía a sí mismo a regañadientes: «Después de este disco, nos vamos».

Le fastidiaba que Kay fuera capaz de marcar con pausas aquella carrera sin propósito y sin fin.

—¿Qué te gustaría hacer?—preguntó ella.

Él no lo sabía. Había perdido la noción del tiempo y de la vida cotidiana. No tenía ningunas ganas de zambullirse de nuevo en ella, pero era presa de un malestar difuso que le impedía abandonarse al minuto presente.

—¿Te importaría dar un paseo por Greenwich Village?

¿Qué más daba? Se sentía a la vez muy feliz y muy desdichado. Una vez fuera, la mujer mostró una indecisión que él comprendió. Era asombroso que los dos percibieran los más pequeños matices de sus actitudes.

Ella se preguntaba si tomarían un taxi. El tema del dinero no se había mencionado. Ella ignoraba si él era rico y, un momento antes, se había asustado un poco al ver la cuenta de los whiskies.

Él levantó el brazo. Un taxi amarillo se detuvo junto a la acera y se encontraron, como miles de parejas a la misma hora, envueltos en la suave oscuridad del coche, con luces multicolores bailando a ambos lados de la espalda del conductor.

Él se dio cuenta de que ella se quitaba el guante. Era simplemente para deslizar la mano desnuda en la mano de él, y así permanecieron sin moverse, sin hablar, todo el trayecto hasta Washington Square. Ya no era el Nueva York ruidoso y anónimo que acababan de abandonar, sino en la misma ciudad, un barrio parecido a una población pequeña como las que uno puede encontrar en cualquier país del mundo.

Las aceras estaban desiertas, las tiendas escaseaban. Una pareja salía de una calle transversal, y era el hombre quien empujaba torpemente un cochecito.

—Estoy contenta de que hayas aceptado venir. ¡He sido tan feliz aquí!

Él sintió miedo. Se preguntó si la mujer iba a contar algo. Llegaría fatalmente el momento en que le hablaría de ella y él tendría que hablarle de él.

Pero no, ella no decía nada. Se apoyaba con más ternura en su brazo e hizo un gesto que él aún no le conocía, un gesto que en realidad no conocía en absoluto y que sin embargo era muy sencillo: mientras caminaba, le rozó la mejilla con la suya, deteniendo el movimiento durante un instante casi imperceptible.

—Doblemos a la izquierda, si no te importa.

Estaban a cinco minutos andando de la casa de él, de la habitación donde de pronto recordó que había dejado la luz encendida.

Se rio interiormente y ella lo adivinó: ya no podían ocultarse nada el uno al otro.

—¿De qué te ríes?

Estuvo a punto de decírselo, pero luego pensó que ella sin duda querría subir a su casa.

—De nada. Ya no sé en qué estaba pensando.

Ella se detuvo al borde de la acera, en una calle donde los edificios eran de tres o cuatro pisos.

—Mira… —dijo.

Se quedó mirando una de las casas, de fachada blanca, donde se veían cuatro o cinco ventanas iluminadas.

—Aquí es donde vivía con Jessie.

Más lejos, en un sótano, justo después de la lavandería de un chino, había un pequeño restaurante italiano con cortinas a cuadros rojos y blancos en las ventanas.

—Ahí es donde a menudo íbamos a cenar. —Contó las ventanas y añadió—: En el tercer piso, la segunda y la tercera ventana empezando por la derecha… Es pequeñito, ¿sabes?… Sólo tiene un dormitorio, una sala de estar y un cuarto de baño…

Era como si se lo esperase, como si se esperase sentir un dolor.

Porque de repente sintió un dolor, un dolor que se reprochaba a sí mismo, y le preguntó casi con agresividad:

—¿Y cómo hacíais cuando Enrico venía a ver a tu amiga?

—Yo dormía en el sofá de la sala.

—¿Siempre?

—¿Qué quieres decir?

Sabía que había algo. La voz de Kay había vacilado al pronunciar estas últimas palabras. Contestaba a una pregunta con otra pregunta, confesando así su incomodidad.

Y él, furioso, recordando el tabique que lo separaba de Winnie y de su J. K. C., dijo:

—Sabes muy bien en qué estoy pensando...

—Caminemos...

Los dos, solos, en el barrio desierto. Con la impresión de que ya no tenían nada que decirse.

—¿Quieres que entremos aquí?

Un bar pequeño, de nuevo, un bar que ella debía de conocer, ya que estaba en su calle. ¡Qué remedio! Dijo que sí y enseguida se arrepintieron, porque ya no era la intimidad cómplice del bar de antes, el local era demasiado grande, mugriento, con una barra sucia, las copas sospechosas.

—Dos whiskies. —Y luego ella añadió—: Dame un *nickel*, de todas formas.

También aquí tenían la misma enorme gramola, pero ella buscó su canción en vano. Puso cualquier cosa mientras un hombre bastante borracho se esforzaba por trabar conversación con ellos.

Se bebieron el whisky tibio y pálido.

—Vámonos... —Y, de nuevo en la calle, dijo—: Nunca me acosté con Ric, ¿sabes?

Él estuvo a punto de soltar una risa burlona, porque ahora ella ya no decía Enrico, sino Ric. ¿Y a él qué podía importarle, al fin y al cabo? Sintió ganas de retirar el brazo del que ella seguía colgada, de caminar solo, con las manos en los bolsillos, de encenderse un cigarrillo o, mejor, una pipa, cosa que no había hecho en su compañía.

—Prefiero que lo sepas, porque seguramente te imaginas cosas. Ric es sudamericano, ¿comprendes? Una noche... Fue hace dos meses, sí, fue en agosto... Hacía mucho calor... ¿Has vivido en Nueva York cuando aprieta el calor? El apartamento era como una sauna...

Habían vuelto a Washington Square y rodeaban la plaza a paso lento, seguía habiendo un mundo entre ambos. ¿Por qué continuaba hablando cuando él, por su parte, fingía no oírla?

Y, sobre todo, ¿por qué creaba unas imágenes de las que él sentía que no podría deshacerse? Le entraron ganas de ordenarle con dureza: «¡Cállate!». ¿Acaso las mujeres no tienen ningún pudor?

—Él se había quedado sólo con el pantalón... Debo decirte que tenía un cuerpo magnífico...

—¿Y tú?

—¿Y yo qué?

—¿Qué llevabas puesto?

—Seguramente una bata... No lo recuerdo... Sí, Jessie y yo debíamos de estar en bata...

—Y debajo de la bata no llevabas nada.

—Probablemente.

Parecía que ella seguía sin comprender. Mantenía hasta tal punto la presencia de ánimo que se paró en medio de la plaza y se volvió hacia él diciendo:

—Olvidaba mostrarte la casa de la señora Roosevelt... ¿La conoces? Es la de la esquina... A menudo, cuando estaba en la Casa Blanca, el presidente se escapaba para venir a pasar unos días o unas horas aquí, sin que lo supiera nadie, ni siquiera sus guardaespaldas...—Y retomó lo anterior—: Aquella noche...

Él hubiera querido destrozarle la muñeca para que se callara.

—Aquella noche, recuerdo que quise pasar al cuarto de baño para darme una ducha... Ric, que estaba nervioso no sé por qué, pero ahora que lo recuerdo me lo imagino, empezó a decir que los tres éramos unos idiotas, que sería mejor que nos desnudáramos y nos ducháramos juntos... ¿Comprendes?

—¿Y lo hicisteis?—dejó caer él, despectivo.

—Fui a ducharme sola y cerré la puerta. Desde ese día evité salir con él sin Jessie.

—¿Porque a veces salíais los dos solos?

—¿Por qué no?—Y, aparentando candor, preguntó—: ¿En qué estás pensando?

—En nada. Y en todo.

—¿Estás celoso de Ric?

—No.

—Oye, ¿conoces el Bar n.º 1?

De pronto, notó que estaba cansado. Por un momento, se sintió tan harto de arrastrarse con ella por las calles que estuvo a punto de abandonarla con cualquier pretexto. ¿Qué hacían juntos, encadenados el uno al otro como si se amaran desde siempre y estuvieran destinados a amarse eternamente?

Enrico... Ric... En la ducha los tres... Ella probablemente había mentido, lo notaba, estaba seguro... Era incapaz de resistirse a una proposición tan extravagante...

Mentía cándidamente, no para engañarlo, sino por necesidad de mentir, igual que necesitaba mirar con insistencia a todos los hombres que pasaban, sonreír para captar la atención del barman, el camarero o el taxista. «¿Has visto cómo me ha mirado?».

¿A propósito de quién le había dicho esto hacía un momento? Del taxista que los había llevado a Greenwich Village, que seguramente ni se había fijado en ella y que sólo pensaba en la propina.

Entró, sin embargo, tras ella a un local poco iluminado, con una luz de un rosa desvaído, donde alguien tocaba desganadamente el piano, paseando unos dedos pálidos sobre el teclado y desgranando unas notas que terminaban por crear una atmósfera cargada de nostalgia.

Ella se había parado antes para decirle:

—Deja el abrigo en el guardarropa.

¡Como si no lo supiera! Era ella la que lo guiaba. Y cruzaba el local detrás del *maître*, radiante, con una sonrisa de excitación en los labios.

Debía de creerse guapa y a él no se lo parecía. Lo que le gustaba justamente era una especie de magulladura que descubría en su rostro, esas finas arrugas como de piel de cebolla en los párpados, que a veces adoptaban reflejos violáceos, e incluso, en otros momentos, esa lasitud en las comisuras caídas de los labios.

—Dos whiskies.

Ella necesitaba hablar con el *maître*, probar en él su supuesto poder de seducción; le pedía con mucha seriedad informaciones inútiles, qué números del programa se habían perdido, qué había sido de tal o cual artista que ella había visto en el mismo local unos meses atrás.

Encendía un cigarrillo, claro está, con el abrigo de pieles por los hombros y, echando la cabeza un poco hacia atrás, suspiraba satisfecha.

—¿No estás contento?

—¿Por qué no iba a estar contento?—contestó malhumorado.

—No lo sé, pero siento que ahora mismo me odias.

¡Qué segura tenía que estar de sí misma para formular tan simple y crudamente la verdad! ¿Segura de qué? Porque, al fin y al cabo, ¿qué lo retenía a su lado? ¿Qué le impedía volver a su casa?

No la encontraba seductora. No era guapa. Ni siquiera era joven. Y sin duda había adquirido la pátina de múltiples aventuras.

¿Era justamente esa pátina la que lo atraía hacia ella o lo conmovía?

—¿Me permites un momento?

Avanzó con desparpajo y se inclinó sobre el pianista. Su sonrisa, una vez más, era automáticamente la de una mujer que quiere seducir, que sufriría si el mendigo a quien le da unas monedas en la calle le negase una mirada encandilada.

Volvía hacia él, satisfecha, con ojos chispeantes de ironía, y tenía en parte razón, porque era por él, o por ellos, por lo que esta vez se había mostrado insinuante.

Los dedos que corrían sobre las teclas cambiaron de cadencia y en la luz rosa empezó a vibrar la pieza del pequeño bar, y ella escuchaba con los labios entreabiertos, mientras el humo del cigarrillo subía recto ante su rostro, como incienso.

Una vez terminó la melodía, hizo un pequeño gesto nervioso y luego, ya de pie, recogió la pitillera, el encendedor y los guantes, y ordenó:

—¡Paga! ¡Vamos!

Volvió sobre sus pasos, mientras él rebuscaba en los bolsillos, para decirle:

—Siempre das demasiada propina. Aquí, bastan cuarenta *cents*.

32

Más que nada, era una toma de posesión, una toma de posesión tranquila, sin discusión. Y él no discutió. Delante del guardarropa, dijo en el mismo tono:

—Dale veinticinco *cents*.

Y por último, en la calle:

—No vale la pena tomar un taxi.

¿Para ir adónde? ¿Estaba segura de que seguirían juntos? Ella ni siquiera sabía que conservaba la habitación del Lotus, pero él estaba convencido de que ella lo daba por seguro.

—¿Quieres que tomemos el *subway*?

A pesar de todo, le pedía su opinión, y él contestó:

—Ahora no. Preferiría andar un poco

Estaban, como la víspera, al final de la Quinta Avenida, y él ya sentía la necesidad de repetir los mismos gestos. Le apetecía caminar con ella, doblar por las mismas calles, quién sabe, quizá pararse en aquel extraño sótano donde se habían tomado el último whisky.

Sabía que ella estaba cansada, que le costaba caminar con los tacones altos, pero no le desagradaba vengarse haciéndola sufrir un poco. Además, sentía curiosidad por saber si protestaría. Era una especie de experimento.

—Como quieras.

¿Era ahora cuando iban a hablar? Lo temía y lo esperaba a la vez. No tenía tanta prisa por saber más de la vida de Kay como por contarle la suya y sobre todo decirle quién era, ya que inconscientemente sufría al pensar que podía tomarlo por un hombre cualquiera, y hasta amarlo como a un hombre cualquiera.

La víspera, no se había inmutado al pronunciar él su nombre. ¿Tal vez no lo había oído bien? O no se le había ocurrido relacionar al hombre que acababa de conocer en Manhattan a las tres de la madrugada con aquel cuyo nombre había visto en grandes letras por las calles de París.

Al pasar por delante de un restaurante húngaro, ella preguntó:

—¿Conoces Budapest?

No esperaba respuesta. Combe decía que sí y se daba cuenta de que a ella le era indiferente. Esperaba vagamente que aquello por fin le diera pie para hablar de él, pero ella siguió hablando de sí misma.

—¡Qué ciudad tan maravillosa! Creo que en ninguna otra ciudad del mundo he sido tan feliz. Tenía dieciséis años.

Él fruncía el ceño al oírla hablar de su adolescencia, temiendo que un nuevo Enrico se interpusiera entre los dos.

—Vivía sola con mi madre. Tengo que mostrarte un retrato de mi madre. Era la mujer más guapa que he conocido.

Por un momento, se preguntó si no estaría soltando todo aquello precisamente para impedirle hablar. ¿Qué idea podía formarse de él? Una idea falsa, inevitablemente. Y, sin embargo, seguía colgada de su brazo sin el más mínimo ademán por defenderse.

—Mi madre era una gran pianista. Seguro que has oído su nombre, porque ha tocado en todas las capitales: Miller… Edna Miller… Es el apellido que uso yo desde que estoy divorciada y el que llevaba de soltera, pues ella nunca quiso casarse, para consagrarse a su arte. ¿Te sorprende?

—¿A mí? No…

Tenía ganas de responderle que no le sorprendía sobre todo porque él también era un gran artista, aunque él sí se había casado, y por eso precisamente…

Cerró un momento los ojos. Luego los abrió y se vio a sí mismo como hubiera podido verlo otra persona, pero con más lucidez, de pie en una acera de la Quinta Avenida, del brazo de una mujer a la que no conocía y con la cual no tenía ni idea de adónde iba.

34

Ella interpretó mal su reacción.

—¿Te estoy aburriendo?

—Qué va.

—¿Te interesa conocer las historias de cuando era soltera?

¿Le pediría que se callase o, al contrario, que siguiese? No lo sabía. Lo que sí sabía es que, mientras ella hablaba, notaba una especie de dolor sordo, una especie de angustia en el lado izquierdo del pecho.

¿Por qué? Lo ignoraba. ¿Acaso habría deseado que su vida hubiera empezado ayer? Tal vez. No tenía importancia. Nada tenía ya importancia, pues acababa de decidir, de repente, que no se resistiría más.

Escuchaba. Caminaba. Miraba los globos luminosos de las farolas que formaban una larga perspectiva, hasta el infinito, los taxis que se deslizaban sin ruido y en los que casi siempre se veía a las mismas parejas.

¿No había conocido también él el deseo punzante de formar parte de una pareja? ¿De llevar del brazo a una mujer como Kay?

—Entremos un momento, si no te importa.

Ahora no era un bar el sitio donde lo hacía entrar, sino una farmacia, y le sonrió. Y él comprendió su sonrisa, comprendió que ella acababa de pensar lo mismo que él, que aquello marcaba una nueva etapa en su intimidad, pues lo que ella quería comprar eran unos cuantos productos de aseo indispensables.

Dejó que pagase él y eso le gustó, como también le gustó que el dependiente la llamara señora.

—Ahora—decidió ella—ya podemos volver.

Él no pudo evitar la ironía, aunque enseguida se arrepintió:

—¿Sin tomar un último whisky?

—Sin whisky—contestó ella con absoluta seriedad—. Esta noche soy como la jovencita de dieciséis años. Espero que no te moleste demasiado.

El conserje nocturno los reconoció. ¿Cómo podía constituir un placer volver a encontrarse con la luz de color malva del Lotus, con esas letras vulgares encima de la puerta? ¿Y un placer también que los recibiera como a viejos clientes un pobre hombre miserable y resignado?

—Quítate el abrigo y siéntate, si no te importa.

Obedeció, sutilmente emocionado, y quizá también ella lo estuviera un poco. Ya no estaba seguro de nada. Había momentos en que la odiaba y momentos, como éste, en que le entraban ganas de apoyar la cabeza en el hombro de la mujer y echarse a llorar.

Estaba cansado, pero relajado. Esperaba, con una ligerísima sonrisa en los labios, y ella interceptó una vez más esa sonrisa, debió de comprenderlo porque se acercó y lo besó, por primera vez aquel día, ya no con la avidez carnal de la víspera, ya no con un ardor que parecía proceder de la desesperación, sino dulcemente, adelantando despacio sus labios hacia los de él, dudando un instante antes de establecer el contacto y apretándolos luego con ternura.

Él cerró los ojos y, cuando los volvió a abrir, se dio cuenta de que ella había cerrado los suyos, y se lo agradeció.

—Ahora déjame. No te muevas.

Fue a apagar la luz del techo y sólo dejó encendida una lamparita con una pantalla de seda sobre un velador. Luego sacó del armario la botella de whisky empezada del día anterior.

Sintió la necesidad de explicar:

—No es lo mismo.

Él ya lo había comprendido. Ella llenó dos vasos, con calma, dosificando minuciosamente el alcohol y el agua con una seriedad de ama de casa. Dejó uno al alcance de la mano de su compañero y al pasar le acarició suavemente la frente.

—¿Estás bien?

Ella a su vez, quitándose los zapatos con un movimiento ya familiar, se acurrucó en el sillón, con una pose de niña.

Luego suspiró y, con una voz que él todavía no le conocía, dijo:

—¡Yo sí lo estoy!

Estaban a un metro uno del otro, pero los dos sabían que ahora no cruzarían ese espacio. Se miraban con los ojos entrecerrados, felices ambos de encontrar en otros ojos una luz muy suave y como apaciguadora.

¿Le hablaría enseguida?

Ella entreabrió los labios, pero fue para cantar, para murmurar apenas la canción de antes, que ya se había convertido en su canción.

Y esa cantinela popular se transformaba hasta tal punto que el hombre sintió que los ojos se le llenaban de lágrimas y el calor le invadía el pecho.

Ella lo sabía. Lo sabía todo. Lo tenía pendiente de su canto, pendiente de su voz de entonaciones graves y un poco roncas, prolongando con maestría el placer de ser dos y de haberse atrincherado del resto del mundo.

Cuando por fin se calló, hubo un silencio durante el cual surgieron los ruidos de la calle.

Los escucharon, sorprendidos. Luego ella volvió a preguntar, más bajito que la primera vez, como si temiese asustar al destino:

—¿Estás bien?

¿Oyó él las palabras que pronunció después o solamente vibraron en su interior?

—Yo no me he sentido tan bien en toda mi vida.

3

Era una sensación extraña. Ella hablaba. Él estaba emocionado, pero ni un solo instante dejaba de estar lúcido. Se decía a sí mismo: «¡Está mintiendo!».

Estaba seguro de que mentía. Tal vez no todo lo que decía era inventado, cosa de la que sin embargo la creía capaz, pero sin duda mentía por deformación, por exageración o por omisión.

Dos o tres veces se sirvió una copa. Él ya ni se fijaba. Ahora sabía que era su hora, que era el whisky lo que la sostenía, y la imaginaba otras noches, con otros hombres, bebiendo para mantener su excitación y hablando, hablando sin fin, con su conmovedora voz ronca.

¿Quién sabe si no les contaba exactamente lo mismo a todos, con idéntica sinceridad?

Lo más sorprendente es que a él le daba igual o, en todo caso, no se lo reprochaba.

Le hablaba de su marido, un húngaro, el conde Larski, con quien decía que se había casado a los diecinueve años. Y aquí ya había una mentira, o al menos una media mentira, pues pretendía que la tomó virgen, se extendía sobre la brutalidad del hombre aquella noche, olvidando que un poco antes había hablado de una aventura que tuvo a los diecisiete años.

Él sufría, no por las mentiras, sino por las historias en sí, y sobre todo por las imágenes que evocaban. Si algo le reprochaba, era que se mancillase ante sus ojos, con un impudor que rozaba el desafío.

¿Era el alcohol lo que la incitaba a hablar así? Había

momentos en que él la juzgaba fríamente: «Es la mujer de las tres de la mañana, la que no es capaz de acostarse, la que necesita a toda costa excitarse, beber, fumar, hablar, para caer por fin, vencida, en los brazos de un hombre».

¡Y él no se iba! No tenía ninguna intención de abandonarla. Cuanto más lúcido se volvía, más percibía que Kay le era indispensable, y ya estaba resignado.

Resignado era la palabra exacta. No habría sabido decir en qué momento tomó la decisión, pero estaba decidido a dejar de luchar, independientemente de lo que pudiese averiguar a partir de entonces.

¿Por qué no se callaba la mujer? ¡Habría sido tan fácil! La habría rodeado con sus brazos y habría murmurado: «Todo eso no importa, puesto que comenzamos de nuevo».

Recomenzar una vida desde cero. Dos vidas. Dos vidas desde cero.

De vez en cuando, ella se interrumpía:

—No me escuchas.

—Claro que sí.

—Me escuchas, pero al mismo tiempo estás pensando en otra cosa.

Pensaba en él, en ella, en todo. Era él mismo y espectador de sí mismo. La amaba y la miraba como un juez implacable.

Ella decía, por ejemplo:

—Vivimos dos años en Berlín, donde mi marido era agregado en la embajada de Hungría. Allí, junto al Swansee concretamente, al borde del lago, fue donde nació mi hija. Se llama Michèle. ¿Te gusta el nombre de Michèle?

No esperó su respuesta para continuar.

—¡Pobre Michèle! Ahora está en casa de una tía, una hermana de Larski que nunca se casó y vive sola en un castillo inmenso, a unos cien kilómetros de Buda...

A él no le gustaba el castillo inmenso y romántico, pero quizá fuera verdad o quizá no. Se preguntaba: «¿A cuántos hombres les ha contado esta historia?». Y torció el gesto. Ella se dio cuenta.

—¿Te molesta que te cuente mi vida?

—Claro que no.

Sin duda era necesario, como el último cigarrillo, que él esperaba que se acabase con estremecimientos de impaciencia en la punta de los dedos. Era feliz, pero como si sólo fuese feliz en el futuro, como si tuviera prisa por acabar de una vez por todas con el pasado, incluso con el presente.

—Lo nombraron primer secretario en París y tuvimos que instalarnos en la embajada, porque el embajador era viudo y hacía falta una mujer para las recepciones...

¿En qué momento mentía? Cuando le habló por primera vez de París, donde se conocieron, le dijo que había vivido frente a la iglesia de Auteuil, en la rue Mirabeau. Y la embajada de Hungría no había estado nunca en la rue Mirabeau.

Ella proseguía:

—Jean era un fuera de serie, uno de los hombres más inteligentes que he conocido...

Y él sentía celos. Y no le perdonaba que añadiese otro nombre propio a la historia.

—Es un gran señor en su país, ¿comprendes? Tú no conoces Hungría...

—Sí.

Barría la objeción haciendo caer con impaciencia la ceniza del cigarrillo.

—No puedes conocerla. Eres demasiado francés. Yo, que sin embargo soy vienesa y tengo sangre húngara por parte de mi abuela, nunca pude acostumbrarme. Cuando digo que era un gran señor, no hablo de un gran señor de hoy, sino de un gran señor de la Edad Media. Lo vi azotar a sus criados. Un día en que el chofer estuvo a punto de hacernos dar una vuelta de campana en la Selva Negra, lo echó al suelo de un puñetazo y luego lo golpeó en la cara con el talón diciéndome muy tranquilo: «Siento no llevar un revólver. Este patán habría podido matarnos».

Y Combe seguía sin tener el valor de decirle: «¿Quieres callarte, por favor?».

Le parecía que aquella cháchara los rebajaba a los dos, que ella se rebajaba hablando y él escuchándola.

—En aquel momento yo estaba encinta, lo cual explica en parte su furor y su brutalidad. Era tan celoso que un mes antes del parto, cuando a ningún hombre se le habría ocurrido hacerme la corte, me vigilaba de la mañana a la noche. No me dejaba salir sola. Me encerraba con llave en mis aposentos. Es más: me quitaba todos los zapatos y todos los vestidos y los guardaba en una habitación de la que sólo él tenía la llave.

¿Cómo no comprendía que se equivocaba, que aún se equivocaba más explicando: «Vivimos tres años en París...»? La víspera había dicho que habían sido seis. ¿Con quién había vivido los otros tres años?

—El embajador, que murió el año pasado, era uno de nuestros hombres de Estado más importantes, un viejo de ochenta años. Me tomó un cariño paternal, pues hacía treinta años que era viudo y no tenía hijos.

Él pensaba: «¡Mientes!». Porque era imposible. Al menos con ella. Aunque el embajador hubiese tenido noventa años, o aunque hubiese tenido más, ella no habría parado hasta forzarlo a rendirle pleitesía.

—A menudo, por la noche, me rogaba que le leyera. Era una de sus últimas alegrías.

Entonces él se contenía para no gritarle cruda, vulgarmente: «¿Y sus manos?». Pues para él era una certidumbre y eso lo hacía sufrir. «Date prisa—pensaba—. Vacía el buche y no vuelvas a hablar más de todas esas cochinadas».

—Por eso mi marido pretendió que mi salud no me permitía vivir en París y me instaló en una villa en Nogent. Su humor era cada vez más sombrío, y sus celos, más feroces. Al final, no tuve valor y me fui.

¿Sola? ¡Vamos, anda! De haberse marchado así, por su voluntad, ¿cómo iba a haber abandonado a su hija? De haber sido ella la que pidiera el divorcio, ¿estaría en la situación en la que estaba?

Él apretaba los puños, furioso, con ganas de pegarle, de vengarlos a ambos, a él y al marido, al que sin embargo odiaba.

—¿Fue entonces cuando te fuiste a Suiza?—preguntó logrando casi disimular su ironía.

Pero ella lo comprendió, a pesar de todo. Tuvo la impresión de que lo comprendía, porque replicó con malicia, sin entrar en detalles:

—No inmediatamente. Primero viví un año en la Costa Azul y en Italia.

No decía con quién, pero tampoco pretendía haber vivido sola.

La odiaba. Hubiese querido retorcerle las muñecas, forzarla a caer de rodillas a sus pies para pedirle perdón gimiendo de dolor.

¿No era de una ironía insigne, por parte de aquella mujer acurrucada en su sillón, decirle a la cara con un candor monstruoso: «¡Ya ves que te estoy contando toda mi vida!»?

¿Y el resto, todo lo que no había dicho, todo lo que él no quería saber? ¿Sospechaba que, de sus confidencias, lo que él no podía tragar porque le producía un dolor físico es que se hubiese dejado magrear por el viejo embajador?

Se había levantado maquinalmente y había dicho:

—Ven a acostarte.

Y, tal como él preveía, ella murmuró:

—¿Me dejas que acabe el cigarrillo?

Se lo arrancó de las manos y lo aplastó con la suela encima de la alfombra.

—Ven a la cama.

Sabía que ella había sonreído volviendo la cabeza. Sabía que estaba exultante. ¡Como si fuese capaz de contar semejantes historias sólo para ponerlo en el estado en el que por fin lo veía!

«No la tocaré esta noche—se prometió—. ¡Así tal vez lo comprenda!».

¿Qué es lo que tenía que comprender? Era absurdo. Pero ¿no era todo absurdo ya, incoherente? ¿Qué pintaban allí los dos, en una habitación del Lotus, encima de un rótulo violeta destinado a atraer a las parejas de paso?

La miraba desnudarse y permanecía impasible. Pues sí, era capaz de permanecer impasible delante de ella. No era guapa ni irresistible, como ella creía. También su cuerpo llevaba ya la pátina de la vida.

Y sólo de pensarlo se sentía presa de una cólera poderosa, de una necesidad de borrarlo todo, de absorberlo todo, de hacerlo todo suyo. Furiosamente, con una maldad que hacía que sus pupilas se inmovilizaran y diesen miedo, la estrechó en sus brazos, la dobló, se hundió en ella como deseando terminar de una vez por todas con su obsesión.

Ella lo miraba, boquiabierta, y cuando llegó el apaciguamiento del espasmo, lloró, no como lloraba Winnie, detrás del tabique, sino como una niña, y como una niña balbuceaba:

—Me has hecho daño.

Como una niña también, se durmió, casi sin transición. Y aquella noche no conservaba, como la noche anterior, una expresión dolorosa en su rostro. Esta vez, el abrazo la había calmado. Dormía, con el labio un poco hinchado, con los dos brazos perezosamente extendidos sobre la colcha, los cabellos formando una masa rojiza y arrugada sobre la blancura implacable de la almohada.

Él no dormía, no intentó dormir. Por otra parte, faltaba poco para el amanecer, y cuando éste puso su frío reflejo en la ventana, él se coló detrás de la cortina para refrescarse la frente en contacto con el cristal.

No había nadie en la calle, donde los cubos de la basura aportaban una nota de intimidad vulgar. Un hombre, enfrente, en el mismo piso, se afeitaba delante de un espejo colgado de la ventana, y por un momento sus miradas se cruzaron.

¿Qué se dijeron? Eran más o menos de la misma edad. El hombre de enfrente tenía entradas en la frente, las cejas pobladas y fruncidas. ¿Había alguien detrás de él, en la habitación, una mujer tendida en una cama y todavía sumida en el sueño?

Si el hombre se levantaba tan temprano es que se iba a trabajar. ¿De qué trabajaba? ¿Cuál era el surco que seguía en la vida?

Combe, por su parte, ya no seguía ningún surco. Desde hacía meses, pero por lo menos hasta anteayer se obstinaba en moverse en una determinada dirección.

Aquella mañana, en el fresco amanecer de octubre, era un hombre que ha cortado todos los vínculos, un hombre que, a punto de entrar en la cincuentena, ya no está atado a nada, ni a una familia, ni a una profesión, ni a un país, ni siquiera a un domicilio: a nada más que a una desconocida dormida en la habitación de un hotel más o menos dudoso.

En la casa de enfrente había una luz eléctrica encendida y eso le hizo pensar en la suya, que había olvidado apagar. Tal vez era una excusa o un pretexto.

45

¿No tendría que volver a casa en algún momento? Kay dormiría todo el día, empezaba a conocerla. Le dejaría una nota en la mesilla de noche diciéndole que volvería.

Allí, en Greenwich Village, pondría orden en su habitación. A lo mejor encontraría la manera de hacer que alguien la limpiara.

Mientras se vestía sin hacer ruido en el cuarto de baño, con la puerta cerrada, su mente ya se excitaba. No sólo mandaría limpiar la habitación a fondo, sino que iría a comprar unas flores. También compraría por poco dinero una cretona estampada de colores vivos para esconder la colcha gris. Luego encargaría una comida fría en el restaurante italiano, el que les servía las cenas semanales a J. K. C. y a Winnie.

También debía telefonear a la emisora de radio porque tenía previsto un programa al día siguiente. Debería haber llamado el día anterior.

De pronto, se sentía fresco, con todo su aplomo a pesar del cansancio. Le alegraba la perspectiva de caminar solo, de oír el resonar de sus pasos en la calle mientras respiraba el aire frío de la mañana.

Kay dormía. Vio que el labio inferior seguía hinchado y se sonrió con una sonrisa un poco condescendiente. Ella había pasado a ocupar un espacio en su vida, sí. Pero ¿para qué empeñarse ahora en medir la importancia de ese espacio?

De no ser por el temor a despertarla, habría depositado un beso indulgente y tierno en su frente.

«Vuelvo enseguida», escribió en una página de su agenda, que arrancó y dejó sobre la pitillera.

Y eso lo hizo sonreír también, pues así se aseguraba de que ella encontraría la nota.

Una vez en el corredor llenó la pipa y, antes de encenderla, pulsó el botón del ascensor.

¡Vaya! Ya no era el conserje nocturno, sino una de las

señoritas de uniforme. Pasó por delante de la recepción sin pararse, se plantó en la acera y respiró a pleno pulmón.

Estuvo a punto de suspirar: «¡Por fin!».

Y Dios sabe si no se preguntó si volvería alguna vez.

Dio unos pasos, se detuvo, caminó otro poco.

De pronto se sentía ansioso, como un hombre que tiene conciencia de haber olvidado algo importante y no recuerda qué.

Se detuvo de nuevo justo en la esquina de Broadway, que lo dejó helado con sus luces apagadas y sus aceras inútilmente anchas.

¿Qué haría si, al volver, encontrase la habitación vacía?

Esta idea acababa de penetrar en él y ya le hacía tanto daño, le provocaba tal angustia, tal estado de pánico, que se dio bruscamente la vuelta para comprobar que no salía nadie del hotel.

En el umbral del Lotus, unos instantes después, vaciaba la pipa todavía encendida golpeándola contra el tacón.

—Octavo, por favor—espetó a la señorita del ascensor que acababa de bajarlo.

Y no se tranquilizó hasta comprobar que Kay seguía durmiendo y que en la habitación nada había cambiado.

Ignoraba si ella lo había visto salir, si lo había visto volver. Fue para él un minuto de una emoción tan profunda y tan sutil que no se atrevió a mencionárselo. Ella parecía dormir mientras él se desvestía, y también cuando se deslizó entre las sábanas.

Y también como dormida buscó ella su cuerpo para acurrucarse contra él.

No abrió los ojos. Los párpados latieron apenas, sin descubrir las pupilas, y le hicieron pensar en el batir de las alas de un pájaro demasiado pesado para echar a volar.

Pesada también, lejana, la voz que decía sin reproche, sin tristeza, sin sombra de melancolía:

—¿Has intentado irte, verdad?

Estuvo a punto de hablar, y lo habría estropeado todo. Afortunadamente, fue ella la que continuó con la misma voz, más débil aún:

—¡Pero no has podido!

Dormía otra vez. Quizá no había dejado de dormir y había sido en el fondo de sus sueños donde se percató del drama que allí se había producido.

No hizo ninguna alusión más tarde, mucho más tarde, cuando los dos se despertaron.

Era la mejor hora. Ya pensaban en ello como si hubiesen vivido muchísimas mañanas parecidas. Era imposible creer que sólo era la segunda vez que se despertaban así, el uno junto al otro en una cama, en una intimidad carnal tan grande que ambos tenían la impresión de ser amantes desde siempre.

Y hasta esa habitación del Lotus les resultaba familiar y de repente les gustaba.

—¿Voy yo primero al cuarto de baño?—Y luego, con una intuición sorprendente—: ¿Por qué no fumas tu pipa? Puedes hacerlo, ¿sabes? En Hungría, hay muchas mujeres que fuman en pipa.

Por la mañana, eran como vírgenes. En sus ojos, la alegría era más pura, casi infantil. Les daba la impresión como de estar jugando a la vida.

—¡Cuando pienso que por culpa de Ronald no recuperaré nunca mis cosas! Tengo allí dos baúles llenos de vestidos y de ropa interior y ni siquiera puedo cambiarme de medias.

Lo decía riendo. Era maravilloso encontrarse tan ligero al despertar, encontrarse en el umbral de un día que no marcaba de antemano ninguna obligación, que podrían amueblar con todo lo que quisieran.

Hacía sol aquel día, un sol muy alegre, muy chispeante. Desayunaron sentados delante de uno de esas barras que ya formaban parte de sus costumbres.

—¿Te importaría que fuéramos a dar un paseo por Central Park?

No quería sentir celos nada más empezar el día, pero cada vez que ella proponía algo, cada vez que mencionaba algún lugar, no podía evitar preguntarse: «¿Con quién?».

¿Con quién había ido a pasear por Central Park y qué recuerdos intentaba encontrar allí?

Ella se sentía joven aquella mañana. Y, tal vez por eso, se arriesgó a decir muy seria, mientras caminaban el uno al lado del otro:

—¿Sabes que ya soy muy vieja? Tengo treinta y dos años, pronto cumpliré treinta y tres.

Él calculó que su hija debía de tener por tanto unos doce años y observó con más atención que de costumbre a las niñas que jugaban en el parque.

—Yo tengo cuarenta y ocho—confesó—. Bueno, aún no, los cumplo dentro de un mes.

—Los hombres no tienen edad.

¿Acaso no era el momento en que por fin podría hablar de él? Lo esperaba y lo temía a la vez.

¿Qué pasaría entonces, qué sería de ellos cuando finalmente se decidieran a mirar la realidad cara a cara?

Hasta entonces, habían estado fuera de la vida, pero llegaría un momento en que habría que volver a entrar, tanto si lo querían como si no.

¿Adivinaba ella lo que estaba pensando? Su mano desnuda, como ya había ocurrido una vez, en el taxi, buscó la mano de él y la apretó con una dulce insistencia, como para decirle: «Todavía no».

Estaba decidido a llevarla a su casa, pero no se atrevía. Hacía un momento, al abandonar el Lotus, había pagado la cuenta, y ella se había percatado, pero no había dicho nada.

¡Eso podía significar tantas cosas! Incluido, por ejemplo, que era su último paseo, el último en todo caso fuera de la realidad.

¿Era por eso, para fijar un recuerdo luminoso en su memoria, por lo que ella había querido pasear de su brazo por Central Park, donde un sol tibio los envolvía con las últimas bocanadas del otoño?

Se puso a tararear, muy seria, y era la canción de ellos, la cantinela del pequeño bar. Eso les sugirió a los dos el mismo pensamiento porque, cuando la noche empezaba a caer, el aire a refrescar, cuando una sombra más densa los esperó al doblar las avenidas, se miraron como poniéndose de acuerdo sin hablar y se dirigieron hacia la Quinta Avenida.

No tomaron un taxi. Continuaron caminando. Como si fuera su destino, como si no pudieran o no se atrevieran a detenerse. La mayor parte de las horas, desde que se conocían—y les parecía que de ello hacía mucho tiempo—las habían pasado caminando por las aceras, rozándose con una multitud a la que no veían.

Sin embargo, se acercaba el momento en que no tendrían más remedio que pararse, y tácitamente eran cómplices para irlo retrasando.

—Escucha…

Ella tenía a veces ese tipo de reacciones de una alegría ingenua. Cuando le parecía que el destino les era propicio. Y en el momento de entrar en el pequeño bar, la gramola tocaba un disco, su disco, y un marinero, acodado a la barra, con el mentón entre las manos, miraba el vacío sin pestañear.

Kay apretó el brazo de su compañero y miró con compasión al hombre que había elegido la misma melodía que ellos para mecer su nostalgia.

—Dame un *nickel*—susurró.

Puso el disco dos, tres veces. El marinero se volvió y le sonrió tristemente. Luego apuró la copa de un trago y salió tambaleándose, rozando al pasar el marco de la puerta.

—¡Pobre hombre!

Él casi no sintió celos, un poco sí, de todos modos. Le hubiera gustado hablar, cada vez se le hacía más necesario, y no se atrevía.

¿Era deliberado por parte de ella no ayudarlo?

De nuevo bebía, pero él no se lo reprochaba y bebía maquinalmente con ella. Estaba triste y muy feliz, con una sensibilidad tan aguda que sus ojos se humedecían por una frase de la canción, por algún detalle de aquel bar bañado por una luz sorda.

¿Qué hicieron aquella noche? Caminaron. Se mezclaron durante mucho rato con la multitud de Broadway y entraron en otros bares, sin volver a encontrar jamás el ambiente de su rincón familiar.

Entraban, pedían una copa y Kay, invariablemente, encendía un cigarrillo. Le tocaba el codo y balbuceaba:

—Mira.

Y le señalaba una pareja, una pareja triste, absorta en sus reflexiones, o una mujer sola que se emborrachaba.

Parecía estar al acecho de la desesperación ajena, rozándose con ella como para desgastar la que pronto habría de embargarla.

—Caminemos.

Estas palabras los hacían mirarse sonriendo. Las habían pronunciado tantísimas veces, ¡ellos, que en realidad sólo tenían tras de sí dos días y dos noches de amor!

—¿No te parece curioso?

Él no necesitaba preguntarle qué era lo que le parecía curioso. Pensaban en lo mismo, en ellos dos, que no se conocían y que se habían encontrado milagrosamente en la gran ciudad, y que ahora se aferraban el uno al otro con un ardor desesperado, como si ya sintieran el frío de la soledad invadiéndolos.

«Dentro de un rato…, luego…», pensaba Combe.

En la Calle 42 había una tienda de chinos donde vendían unas tortugas minúsculas, unos bebés tortuga, como anunciaba el letrero.

—Cómprame una, si no te importa.

La metieron en una cajita de cartón y ella se la llevó como si de un objeto precioso se tratara, esforzándose por reír, pero pensando sin duda que era la única prenda del amor que acababan de vivir.

—Escucha, Kay…

Ella le puso un dedo en los labios.

—He de decirte una cosa…

—¡Shh! Vamos a comer algo…

Se demoraban y, esta vez, se demoraban adrede en la ciudad, porque era en medio de la muchedumbre donde más se sentían en casa.

Ella comía como la primera noche, con una lentitud exasperante que ya no lo exasperaba.

—¡Todavía hay tantas cosas que quisiera contarte! Ya sé lo que piensas. ¡Pero te equivocas, mi querido Frank!

Tal vez eran las dos de la mañana, quizá más tarde, y seguían caminando, y desandaron ese largo camino de la Quinta Avenida que ya habían recorrido dos veces.

—¿Adónde me llevas?—Cambió inmediatamente de opinión—: No, ¡no me digas nada!

Él aún no sabía lo que iba a hacer, lo que esperaba. Miraba hacia delante, resuelto, y ella caminaba a su lado respetando por primera vez su silencio.

A la larga, aquella marcha silenciosa en medio de la noche adoptaba el aire solemne de una marcha nupcial, y los dos se daban tanta cuenta de que se apretaban más el uno contra el otro, ya no como dos amantes, sino como dos seres que hubiesen errado largo tiempo en la soledad y que por fin hubiesen obtenido la gracia inesperada de un contacto humano.

Ya casi no eran un hombre y una mujer. Eran dos seres, dos seres que se necesitaban el uno al otro.

Con las piernas cansadas, tuvieron de nuevo enfrente la apacible perspectiva de Washington Square. Combe sabía que su compañera estaba asombrada, que se preguntaba si no iba a llevarla otra vez al punto de partida, a la cafetería donde se conocieron, o ante la casa de Jessie que ella le había mostrado la víspera.

Él sonreía con una pizca de amargura. Tenía miedo, mucho miedo, de lo que iba a hacer.

Aún no se habían dicho que se amaban. ¿Acaso los dos no la pronunciaban por pudor o superstición?

Combe reconoció su calle, vio allá lejos la puerta que había cruzado, dos noches antes, cuando había huido, sin poder aguantar más esos ruidos provocados por los amores de sus vecinos.

Hoy estaba más serio. Caminaba más recto, con la conciencia de estar realizando un acto importante.

A veces le entraban ganas de pararse, de dar media vuelta, de volver a zambullirse con Kay en la irrealidad de su vida vagabunda.

Le volvían a la mente, como un refugio, la acera frente al Lotus, las letras violetas del rótulo, el empleaducho detrás del mostrador ¡Eran tan fácil!

—¡Ven!—dijo por fin parándose delante de un umbral.

Ella no se equivocó. Sabía que el minuto era tan definitivo como si un suizo vestido de colorines hubiese abierto ante ellos la puerta de dos hojas de la iglesia.

Penetró en el pequeño patio, valientemente, paseando a su alrededor una mirada apacible y sin asombro.

—Es gracioso—se esforzó por decir con el tono más ligero posible—que fuéramos vecinos y hayamos tardado mucho tiempo en conocernos.

Entraron en el vestíbulo. Había una serie de buzones alineados, con un botón eléctrico debajo de cada uno y un nombre en la mayoría.

El de Combe no figuraba y él comprendió que ella se había dado cuenta.

—Ven. No hay ascensor.

—Sólo hay cuatro pisos—respondió ella, lo cual demostraba que había examinado la casa.

Subieron el uno detrás del otro. Ella iba delante. En el tercer rellano, ella se apartó para dejarlo pasar.

La primera puerta a la izquierda era la de J. K. C., luego venía la de él. Pero, antes de llegar, sintió la necesidad de pararse, de mirar durante un largo rato a su compañera y luego abrazarla y besar despacio, profundamente, sus labios.

—Ven.

El corredor, mal iluminado, ya olía a pobreza. La puerta era de un marrón feo y había huellas de dedos sucios en las paredes. Sacó la llave del bolsillo, a cámara lenta. Dijo, esforzándose por reír:

—Cuando salí por última vez, olvidé apagar la luz. Me di cuenta en la calle y no tuve valor para volver a subir.

Empujó la puerta. Se abrió sobre un recibidor minúsculo, lleno de baúles y de ropa.

—Pasa.

No se atrevía a mirarla. Le temblaban los dedos.

No le dijo nada más, la atrajo hacia el interior, la empujó, ya no sabía exactamente lo que hacía, pero la introdujo en su casa, la invitó por fin, avergonzado y ansioso, a entrar en su vida.

La calma de aquel lugar, donde los recibió la luz encendida, era vagamente fantasmal. Él había creído que era sórdido, y ahora resultaba trágico, trágico de soledad y de abandono.

Aquella cama deshecha, con la forma de una cabeza todavía marcada en la almohada; aquellas sábanas arrugadas que olían a insomnio; aquel pijama, aquellas zapatillas, aquellas ropas vacías y blandas en las sillas...

Y en la mesa, al lado de un libro abierto, ¡aquellos restos de una cena fría, de una triste cena de hombre solo!

De pronto fue consciente de aquello de lo que por un momento había escapado, y permaneció de pie junto a la puerta, inmóvil, con la cabeza baja, sin atreverse a dar un paso.

No quería mirarla, pero la veía, sabía que también ella comprobaba la dureza de su soledad.

Había creído que ella se mostraría asombrada, despechada.

Asombrada tal vez lo estuviera un poco, muy poco, al descubrir que su soledad aún era más absoluta, más irremediable que la de ella.

Lo que vio en primer lugar fueron dos fotografías, dos fotografías infantiles, un niño y una niña.

—Tú también—murmuró.

Todo aquello era muy lento, desesperadamente lento. Contaban los segundos, las décimas de segundo, las más mínimas fracciones de un tiempo en el que estaba en juego tanto pasado y tanto porvenir.

Combe había apartado la mirada del rostro de sus hijos. Ya sólo veía unas manchas borrosas que se emborronaban cada vez más, y se avergonzaba de sí mismo, sentía ganas de pedir perdón, sin saber a quién ni por qué.

Entonces, lentamente, Kay aplastó el cigarrillo en un cenicero. Se quitó el abrigo de pieles, el sombrero, y pasó por detrás de su compañero para cerrar la puerta que éste había dejado abierta.

Luego, tocando ligeramente con un solo dedo el cuello de su abrigo, dijo simplemente:

—Quítate el abrigo, cariño.

Era ella la que se lo quitaba, en su casa, y quien encontraba enseguida su sitio en el perchero.

Volvía hacia él, más familiar, más humana. Sonreía con una sonrisa donde había una especie de alegría secreta, apenas confesable. Y añadía, rodeando los hombros de su compañero con sus brazos:

—Ya lo sabía, ¿comprendes?

4

Aquella noche durmieron como en la sala de espera de una estación o como en un coche averiado al borde de la carretera. Durmieron en brazos el uno del otro y, por primera vez, no hicieron el amor.

—Esta noche no—había murmurado ella en un tono de súplica.

Él lo había comprendido, o había creído comprenderlo. Estaban un poco magullados y eran presa de esa especie de vértigo que persiste tras un largo viaje.

¿Habían llegado realmente a alguna parte? Se habían acostado enseguida, sin poner orden en la habitación. Y, al igual que después de una travesía uno sigue teniendo durante las primeras noches la sensación del balanceo y el cabeceo, así también podían creer por momentos que seguían caminando, que andaban sin fin por la gran ciudad.

Fue la primera vez que se levantaron a la misma hora que la mayoría de las personas. Cuando Combe despertó, vio a Kay abriendo la puerta del piso. Tal vez fuera el ruido de la cerradura lo que lo había despertado, y su primera reacción fue de inquietud.

Pero no. La veía de espaldas, con los cabellos formando una masa confusa y sedosa, envuelta en una de las batas de él, que arrastraba por el suelo.

—¿Qué buscas?

Ella no se sobresaltó. Se volvió con naturalidad hacia la cama y lo mejor fue que ni siquiera se esforzó en sonreír.

—La leche. ¿No dejan la leche todas las mañanas?

—No bebo nunca leche.

—¡Ah!

Antes de acercarse a él, entró en la cocinita, donde se oía hervir el agua sobre el infiernillo eléctrico.

—¿Tomas café o té?

¿Por qué le emocionó oír una voz ya familiar sonando en aquella habitación donde jamás había visto entrar a nadie? Un momento antes, le reprochaba que no se hubiese acercado a besarlo, pero ahora comprendía que era mucho mejor así; ella iba y venía, abría armarios y le traía una bata de seda azul marino.

—¿Quieres ésta?

Y tenía los pies enfundados en unas zapatillas de hombre con las que se veía obligada a arrastrar las suelas.

—¿Qué comes por la mañana?

—Depende. En general, cuando tengo hambre, bajo al *drugstore*—respondió, tranquilo y relajado.

—He encontrado té y café en una lata. Como eres francés, me ha parecido oportuno hacer café.

—Voy a bajar a comprar pan y mantequilla—anunció él.

Se sentía muy joven. Le apetecía salir, pero no era como la víspera, cuando había abandonado el Lotus sin lograr alejarse más de cien metros.

Ahora estaba en su casa. Y él, que era bastante meticuloso, quizá demasiado incluso, en lo tocante al aseo personal, estuvo a punto de salir sin afeitar, en zapatillas, como hacían algunos por la mañana en Montmartre, en Montparnasse o en los barrios populares. Aquella mañana de otoño tenía un sabor de primavera, y se sorprendió a sí mismo tarareando bajo la ducha, mientras Kay hacía la cama y acompañaba maquinalmente su canción.

Era como si por fin le hubiesen quitado de los hombros un enorme peso de años del que nunca había sido consciente, pero bajo el cual había doblado el espinazo sin saberlo.

—¿No me das un beso?

Antes de dejarlo marchar, ella le tendió la punta de los labios. En el rellano, él se detuvo un momento, dio media vuelta y abrió la puerta.

—¡Kay!

Ella seguía en el mismo sitio y mirando hacia él.

—¿Qué?

—Soy feliz.

—Yo también. Vete...

No hacía falta insistir. Era demasiado nuevo. La calle también era nueva o, mejor dicho, aunque a grandes rasgos la reconocía, descubría en ella aspectos que no había visto antes.

El *drugstore*, por ejemplo, donde tantas veces había desayunado solo, leyendo el periódico. Ahora lo miraba con una alegre ironía teñida de compasión.

Se detenía, enternecido, para contemplar un organillo parado junto a la acera, y habría jurado que era el primero que veía en Nueva York, el primero que veía desde su infancia.

En la tienda del italiano también era nuevo comprar no ya para uno, sino para dos. Pidió cantidad de cosas que nunca le habían apetecido y con las que ahora quería llenar hasta los topes la nevera.

Se llevó el pan, la mantequilla, la leche y los huevos, y encargó que le enviaran el resto. En el momento de salir, cambió de opinión.

—Y deje una botella de leche en mi puerta todas las mañanas.

Desde abajo, vio a Kay detrás de la ventana y ella agitó un poco la mano para saludarlo. Salió a recibirlo al rellano y le cogió los paquetes.

—¡Mecachis! Se me ha olvidado algo.

—¿Qué?

—Las flores. Ayer por la mañana ya quise venir a poner flores en la habitación.

—¿No crees que es mejor así?

—¿Por qué?

—Porque…—Ella buscaba las palabras, seria y sonriente a la vez, con esa pizca de pudor que tenían los dos aquella mañana—: Porque así parece menos nuevo, ¿entiendes? Parece como si ya llevásemos mucho tiempo. —Y añadió inmediatamente, para no enternecerse—: ¿Sabes qué miraba por la ventana? Justo enfrente hay un viejo sastre judío. ¿No te habías fijado?

Él había visto vagamente a un hombre viejo sentado a la turca encima de una gran mesa cosiendo todo el día. Tenía una barba larga y sucia, unos dedos oscurecidos por la mugre o por el roce de las telas.

—Cuando vivía en Viena con mi madre… ¿Te he dicho que mi madre era una gran pianista y que era famosa? Es verdad… Pero, antes de eso, tuvo unos comienzos difíciles… Cuando yo era niña, éramos muy pobres y vivíamos en una sola habitación… ¡Oh!, menos bonita que ésta, porque no tenía ni cocina, ni nevera, ni cuarto de baño… Ni siquiera disponíamos de agua corriente y teníamos que lavarnos, como los demás inquilinos, en un grifo que había al final del pasillo… En invierno, ¡no sabes el frío que hacía!

»¿Qué te decía? ¡Ah, sí! Cuando tenía la gripe y no iba a la escuela, me pasaba días enteros en la ventana y, justo enfrente, había un viejo sastre judío que se parecía tanto a éste que, hace un momento, pensé que era el mismo…

—A lo mejor lo es…—dijo él sin darle importancia.

—¡Tonto! Tendría al menos cien años… ¿No te parece que es una coincidencia curiosa? Me ha puesto de buen humor para el resto del día…

—¿Lo necesitabas?

—No... Pero me siento como una niña... Incluso me dan ganas de tomarte el pelo... Yo era muy bromista, ¿sabes?, de joven...

—¿He hecho algo ridículo?

—¿Me dejas que te haga una pregunta?

—Te escucho.

—¿Cómo es que hay al menos ocho batines en tu perchero? Tal vez no debería preguntártelo, pero es algo tan fuera de lo común, un hombre que...

—... que posee tantos batines y que vive aquí, ¿verdad? Pues es muy sencillo. Soy actor.

¿Por qué pronunciaba estas palabras púdicamente, evitando mirarla? Aquel día, se comportaban con una delicadeza infinita, sentados los dos ante la mesa todavía puesta, teniendo como horizonte aquella ventana detrás de la cual cosía el viejo sastre con su barba de rabino.

Era la primera vez que prescindían del apoyo de la multitud, la primera vez, por así decir, que se encontraban realmente frente a frente, los dos solos, sin sentir la necesidad de un disco o de una copa de whisky para mantener su sobreexcitación.

Ella no se había pintado los labios y eso le daba un aspecto nuevo, una cara mucho más dulce, algo tímida, como temerosa. El cambio era tan llamativo que el cigarrillo ya no se correspondía con esa nueva Kay.

—¿Te decepciona?

—¿Que seas actor? ¿Por qué habría de decepcionarme?

Pero estaba un poco triste. Y lo más grave era que él comprendía por qué, que lo comprendían los dos, sin necesidad de decirse nada.

Si era actor, si a su edad vivía en aquella habitación de Greenwich Village, si...

—Es mucho más complicado de lo que te imaginas—suspiró él.

—No me imagino nada, cariño.

—En París era muy conocido, podría decir incluso que era famoso.

—Debo confesarte que no recuerdo el nombre que me dijiste. Lo pronunciaste una sola vez, la primera noche, ¿recuerdas? Yo estaba distraída y no me atreví a hacértelo repetir.

—François Combe. Actuaba en el Théâtre de la Madeleine, en la Michodière, en el Gymnase. Hice giras por toda Europa y por Sudamérica. También fui el protagonista de varias películas. Hace apenas ocho meses, me ofrecieron un contrato importante…

Ella se esforzaba por no manifestar ninguna compasión, por no hacerle daño.

—No es lo que te imaginas—se apresuró a continuar—. Puedo regresar cuando quiera y recuperar mi puesto…

Ella le sirvió otra taza de café, con tanta naturalidad que él la miró sorprendido, pues esa intimidad que se manifestaba inconscientemente en los más mínimos gestos tenía una cualidad casi milagrosa.

—Es muy sencillo y es una tontería. No me importa explicártelo. En París, todo el mundo está al corriente y ha salido en los periódicos. Mi mujer también era actriz, una gran actriz. Marie Clairois…

—Su nombre me suena.

Se arrepintió de haber dicho estas palabras, pero ya era tarde. ¿No había notado él ya que conocía el nombre de su mujer pero ignoraba el suyo?

—No es mucho más joven que yo—proseguía él—. Tiene más de cuarenta años. Hace diecisiete años que estamos casados. Mi hijo cumplirá pronto los dieciséis.

Hablaba en un tono displicente. Con toda naturalidad también, miró una de las dos fotografías que adornaban la pared. Luego se levantó, caminó arriba y abajo, y concluyó:

—El invierno pasado, bruscamente, me anunció que me dejaba para irse a vivir con un joven actor recién salido del Conservatorio al que habían contratado en el Théâtre Français... Tiene veintiún años... Fue por la tarde, en nuestra casa de Saint-Cloud... Una casa que yo mandé construir porque siempre me han gustado las casas... Tengo unos gustos bastante burgueses, ¿sabes?

»Yo acababa de volver del teatro... Ella llegó después... Se reunió conmigo en la biblioteca y, mientras me anunciaba su decisión, tranquilamente, con mucha dulzura, diría incluso que con mucho afecto, por no decir ternura, yo no podía sospechar que el otro ya la esperaba en la puerta, dentro del taxi en el que se iban a ir.

»Le confieso...—Se corrigió—: Te confieso que estaba tan estupefacto, tan atónito, que le pedí que reflexionase. Ahora me doy cuenta de lo ridículo que resultó lo que le dije: "Vete a dormir, querida. Lo hablaremos mañana, cuando hayas descansado". Entonces me confesó: "Pero, François, te estoy diciendo que me voy ahora mismo. ¿No lo entiendes?".

»¿Entender qué? ¿Qué era tan urgente que no podía esperar al día siguiente?

»No lo entendí, en efecto, pero ahora creo que lo entendería. Me dejé llevar por la rabia. Debí decir cosas monstruosas.

»Y ella me repetía, sin perder la calma y con aquella dulzura un poco maternal: "¡Qué lástima que no lo entiendas, François!".

El silencio flotó alrededor de ellos, tan tenue, de una calidad tan fina, que no era nada angustiante ni embarazoso.

Combe encendió la pipa con el mismo gesto que hacía sobre el escenario en determinados papeles.

—No sé si la has visto en el escenario o en la pantalla. Todavía interpreta a chicas jóvenes y puede hacerlo sin caer en el ridículo. Tiene una cara muy dulce, muy tierna, un poco melancólica, unos ojos grandes que te miran con candor, igual que los de un corzo que mira con estupor y reproche al hombre que acaba de herirlo de gravedad. Son sus papeles, y ella era así en la vida real, era así aquella noche.

»Todos los periódicos se hicieron eco, unos veladamente, otros cínicamente. El muchacho abandonó la Comédie Française para debutar en los bulevares en la misma obra que ella. La Comédie lo denunció por incumplimiento de contrato...

—¿Y tus hijos?

—El chico está en Inglaterra, en Eton. Ya hace dos años que está allí y yo no he querido cambiar nada. Mi hija vive con mi madre, en el campo, cerca de Poitiers. Habría podido quedarme. Me quedé casi dos meses.

—¿La amabas?

La miró como sin comprender. Era la primera vez, de repente, que las palabras no tenían el mismo sentido para los dos.

—Me ofrecían el papel protagonista en una película importante en la que ella participaba y en la que sabía que acabaría metiendo a su amante. En nuestro oficio estamos destinados a coincidir continuamente, ¿sabes?

»Un ejemplo. Como vivíamos en Saint-Cloud y regresábamos tarde en el coche, a menudo íbamos al Fouquet's, en los Campos Elíseos...

—Lo conozco.

—Como la mayoría de los actores, nunca cenaba antes de actuar, pero al salir comía bastante copiosamente. Tenía mi rincón favorito en el Fouquet's. Sabían de antemano lo que debían servirme. ¡Pues bien! No diré que al día siguiente, pero unos días después de irse, mi mujer estaba allí, y no estaba sola. Y se acercó a darme la mano con tanta simplicidad, con tanta naturalidad, que los dos, o mejor dicho los tres, parecíamos estar representando la escena de una comedia…«Buenas noches, François».

»Y el otro también me tendió la mano, un poco nervioso, balbuceando: "Buenas noches, monsieur Combe".

»Me di cuenta de que esperaban que los invitase a sentarse a mi mesa. Ya me habían servido. Estoy viendo la escena. Había cincuenta personas, entre ellas dos o tres periodistas, mirándonos.

»Fue aquella noche cuando anuncié, sin pensar en el alcance de las palabras que pronunciaba:

»—Creo que pronto me iré de París.

»—¿Adónde?

»—Me han ofrecido un contrato en Hollywood, y ahora que nada me retiene aquí…

»¿Cinismo? ¿Inconsciencia? No. Creo que ella no fue nunca cínica. Se creyó lo que le decía. Sabía que hace cuatro años recibí en efecto una oferta de Hollywood y sólo la rechacé por ella, porque no estaba incluida en el contrato, y por los niños, porque eran demasiado jóvenes como para querer separarme de ellos.

»Ella me respondió: "Me alegro mucho por ti, François. Siempre he estado segura de que todo se arreglaría".

»Bien, pues, los había tenido de pie hasta entonces, y los invité a sentarse, todavía no sé por qué.

»—¿Qué queréis tomar?

»—Ya sabes que no ceno. Un zumo de fruta.

»—¿Y usted?

»El muy idiota se creía obligado a pedir lo mismo, no se

atrevía a pedir cualquier bebida alcohólica, que le habría venido bien para ganar aplomo.

»—*Maître*, dos zumos de fruta.

»Y yo seguí cenando, ¡con los dos delante!

»—¿Has tenido noticias de Pierrot?—me preguntó mi mujer sacando la polvera del bolso.

»Pierrot es el diminutivo con que llamamos a nuestro hijo.

»—Sí, hace tres días. Sigue muy contento allí.

»—Me alegro.

»¿Y sabes, Kay...?—Pero como en aquel instante (¿por qué en aquel preciso instante?) ella le pidió: "Llámame Catherine, por favor", él, cogiéndole la punta de los dedos al pasar y apretándoselos, continuó—: ¿Y sabes, Catherine?, durante todo el tiempo que duró la cena, mi mujer le lanzaba miraditas al otro, a ese joven idiota a quien parecía decir: "¿Ves qué sencillo? No tienes por qué tener miedo".

—Todavía la amas, ¿verdad?

Dio dos veces la vuelta a la habitación, con el ceño fruncido. Dos veces miró fijamente al viejo sastre judío de la habitación de enfrente y por fin se plantó delante de ella, hizo una pausa, como en el teatro antes de una réplica importante, y puso la cara y los ojos para que les diera bien la luz antes de articular:

—¡No!

No quería emociones. No estaba emocionado. Lo fundamental era que Kay no lo malinterpretara, y enseguida se puso a hablar muy deprisa, con una voz un poco cortante.

—Me fui y vine a Estados Unidos. Un amigo, que es uno de nuestros directores más importantes, me había dicho: «Tú siempre tendrás un sitio en Hollywood. Un hombre como tú no necesita esperar a que vengan a proponerle un contrato. Vete allá. Vete a ver a Fulano y a Mengano de mi parte…».

»Y eso hice. Me recibieron muy bien, muy educadamente.

»¿Ahora lo entiendes?

»Muy educadamente, pero sin proponerme ningún trabajo.

»"Si nos decidimos a hacer esa película donde hay algo para usted, le avisaremos".

»O bien:

»"Dentro de unos meses, cuando establezcamos el programa de nuestra próxima producción…".

»Eso es todo, Kay, y ya ves qué estúpido…

—Te había pedido que me llamases Catherine.

—Perdóname. Ya me acostumbraré. En Hollywood hay algunos artistas franceses a los que conozco íntimamente. Han sido muy amables. Todos querían ayudarme. Y yo caía continuamente como un peso muerto en su vida ajetreada.

»No quise molestarlos más. Preferí venir a Nueva York. Además, los contratos se pueden encontrar igual aquí que en California.

»Primero viví en un gran hotel en Park Avenue.

»Después en un hotel más modesto.

»Y por fin encontré esta habitación.

»Y estaba solo, ¡ya ves! Estaba solo, ésta es toda la historia.

»Ahora ya sabes por qué tengo tantos batines, tantos trajes y tantos zapatos.

Tenía la frente pegada a la ventana. Su voz, al final, había vibrado. Sabía que ella se acercaría despacio, sin hacer ruido.

Su hombro esperaba el contacto de la mano de ella y no se movió, seguía mirando al sastre judío de enfrente, que fumaba una pipa de porcelana enorme.

Una voz le susurró al oído:

—¿Todavía te sientes muy desdichado?

Él sacudió negativamente la cabeza, pero aún no quería, no podía darse la vuelta.

—¿Estás seguro de que ya no la amas?

Entonces se enfureció. Se giró bruscamente, los ojos llenos de rabia.

—Pero, imbécil, ¿es que no has comprendido nada?

Y, sin embargo, era necesario que ella lo comprendiese. Era importante. Era indispensable. Si no lo comprendía ella, ¿quién sería capaz de comprenderlo?

Siempre esa manía de reducirlo todo a lo más fácil, de reducirlo todo a una mujer.

Caminaba febrilmente. Estaba tan enfadado con ella que se negaba a mirarla.

—No entiendes que no es eso lo que importa, sino yo... ¡Yo! ¡Yo!

Casi aullaba la palabra «yo».

—Yo sólo, si quieres, si lo prefieres. ¡Yo, que me he encontrado desnudo! Yo, que he vivido solo, aquí, sí, aquí, durante seis meses.

»Si no comprendes eso, tú... tú...

Estuvo a punto de gritarle: «¡Entonces no eres digna de estar aquí!».

Pero se detuvo a tiempo. Y se calló, furioso, o más bien malhumorado, como un niño tras una rabieta estúpida.

Se preguntaba qué pensaría Kay, cuál sería la expresión de su cara, y se obstinaba en no mirarla, contemplaba cualquier cosa, una mancha en la pared, con las manos metidas en los bolsillos.

¿Por qué no lo ayudaba? ¿No era importante para ella dar los primeros pasos? ¿De veras lo reducía todo a una sentimentalidad tonta, pensaba de veras que su drama era un vulgar drama de cuernos?

Le parecía imperdonable. La detestaba por ello. Sí, estaba dispuesto a detestarla. Inclinó un poco la cabeza. Ya de pequeño, su madre decía que, cuando no era sincero, inclinaba la cabeza sobre el hombro izquierdo.

Se arriesgó a mirarla con un solo ojo, literalmente. Y entonces vio que lloraba y sonreía a la vez. Leyó en su cara, donde se distinguía el surco de dos lágrimas, tanta ternura alegre que no supo dónde meterse ni qué actitud adoptar.

—Ven, François.

Ella era demasiado inteligente como para no darse cuenta de lo peligroso que era llamarlo así en ese momento. ¿Tan segura estaba de sí misma?

—Ven.

Y él acabó obedeciendo, como a regañadientes.

Ella debería haber estado ridícula, con su batín arrastrando por el suelo y sus grandes zapatillas masculinas, la cara sin maquillar, los ojos todavía enturbiados por la noche.

No lo estaba, puesto que él iba hacia ella esforzándose por mantener su aire gruñón.

—Ven.

Le cogió la cabeza. Lo obligó a ponerla sobre su hombro, mejilla contra mejilla. No lo besó. Lo mantenía así, casi a la fuerza, como para infundirle poco a poco su calor, su presencia.

Él seguía con un ojo abierto. Conservaba un fondo de rencor que se obstinaba en no permitir que se disipara.

Entonces, en voz muy baja, tan baja que él no habría podido distinguir las sílabas si los labios que las pronunciaban no hubiesen estado junto a su oreja, ella dijo:

—No estabas tan solo como yo.

¿Sintió ella que el cuerpo de él se tensaba un poco? Tenía confianza en sí misma, de todas formas, o confianza en la soledad de ambos, que ahora ya les impedía prescindir el uno del otro.

—Yo también debo decirte algo.

Ya sólo era un susurro, y lo más extraño es que era un susurro en pleno día, en una habitación clara, sin ningún acompañamiento de música en sordina, sin nada de lo que ayuda a salir de uno mismo. Un susurro frente a una ventana en la cual se enmarcaba un viejo sastre judío apacible y mugriento.

—Sé que te haré daño, porque eres celoso, y me gusta que seas celoso, pero debo decírtelo de todos modos. Cuando me conociste…

No precisó «anteayer» y él se lo agradeció, pues no ya no quería saber que se conocían desde hacía tan poco tiempo. Ella repitió:

—Cuando me conociste…—Y continuó en voz más baja todavía, de forma que fue en su pecho donde él oyó vibrar la confidencia—: Estaba sola, tan irremediablemente sola, estaba tan abajo, con tal conciencia de que jamás lograría subir la cuesta, que había decidido seguir al primer hombre que se presentara, a cualquiera…

»¡Te amo, François!

Lo dijo una sola vez. No habría podido repetirlo, además, porque estaban tan apretados el uno contra el otro que hablar les habría resultado imposible. Y, en su interior, todo estaba igual de apretado, la garganta, el pecho, tal vez incluso el corazón había dejado de latir.

¿Qué habrían podido decirse después de eso? ¿Qué habrían podido hacer? Nada, ni siquiera el amor, pues eso sin duda lo habría estropeado todo.

Él no se atrevía a aflojar el abrazo por temor, justamente, al vacío que sin duda vendría después de semejante paroxismo, y fue ella la que se soltó, simplemente, sonriendo. Dijo:

—Mira ahí enfrente. —Y añadió—: Nos ha visto.

Un rayo de sol vino muy oportunamente a lamer la ventana, entraba al bies y jugaba como una lente centelleante y temblorosa sobre una de las paredes de la habitación, a pocos centímetros de la fotografía de uno de los chicos.

—Ahora, François, es preciso que salgas.

Había sol en la calle, sol en la ciudad, y ella sintió que el hombre necesitaba reintegrarse a la realidad. Era indispensable, para él, para los dos.

—Te vas a vestir de otra forma. ¡Sí! Yo seré la que elija el traje.

¡Habría querido decirle tantas costas, en respuesta a la confesión que ella acababa de hacer! ¿Por qué no le dejaba? Iba y venía como si estuviera en su casa, como si vivieran juntos. Era capaz de tararear. Y tarareaba su canción, la decía como no la había dicho nunca, con una voz tan grave, tan profunda y tan ligera a la vez que ya no era una cantinela banal, sino que se convertía, por un instante, en la quintaesencia de todo lo que acababan de vivir.

Rebuscaba en el armario hablando sola:

—No, señor. Hoy el gris, no. Y el beige, tampoco. Y, además, el beige no le sienta bien, aunque usted no lo crea. No es lo bastante moreno ni lo bastante rubio como para soportar el beige. —Y de repente, riendo—: Por cierto, ¿cuál es el color de tu cabello? Es curioso, nunca me he fijado. Tus ojos los conozco. Cambian de color según lo que piensas y, hace un rato, cuando te acercaste con ese aire de víctima resignada, o más bien no resignada del todo, eran de un gris oscuro feo, como un mar embravecido que marea a todos los pasajeros. Me preguntaba si serías capaz de recorrer el pequeño espacio que tenías que cruzar o si me vería obligada a ir a buscarte.

»¡Vamos, François! Obedezca, señor. ¡Ya está! Azul marino. Estoy segura de que estás magnífico vestido de azul marino.

A él le apetecía quedarse y, al mismo tiempo, no tenía valor para no obedecerle.

¿Por qué pensaría una vez más: «Ni siquiera es guapa»?

Y se reprochaba no haberle dicho, también él, que la amaba.

¿Tal vez porque no estaba seguro? La necesitaba… Tenía un miedo atroz a perderla y a caer de nuevo en la soledad. Lo que le había confesado hacía un momento…

Se lo agradecía inmensamente y, sin embargo, no se lo perdonaba. Pensaba: «Podía haber sido yo o cualquier otro».

Entonces, condescendiente y enternecido, se abandonó, se dejó vestir como un niño.

Sabía que ella no quería que aquella mañana se pronunciaran entre ellos palabras serias, de resonancias profundas. Sabía que ahora ella interpretaba un papel, su papel de mujer, un papel que es muy difícil de sostener cuando no se ama.

—Apuesto, señor francés, a que con este traje acostumbra a llevar una pajarita. Y para que aún sea más francés, voy a elegirle una azul con pequeños lunares blancos.

¿Cómo no sonreír viendo que no se equivocaba? Se arrepentía un poco de dejarla hacer. Temía ser ridículo.

—Un pañuelo blanco en el bolsillo exterior, ¿verdad? Un poco arrugado, para no parecer un maniquí de escaparate. ¿Me puede decir dónde están los pañuelos?

Era idiota. Era tonto. Se reían, los dos interpretaban una comedia, y tenían los ojos cuajados de lágrimas, y se esforzaban por ocultárselo mutuamente por miedo a emocionarse.

—Estoy segura de que hay personas a las que tienes que ver. ¡Claro que sí! No mientas. Quiero que vayas a verlas.

—La radio…—empezó él.

—Muy bien, pues vas a ir a la radio. Volverás cuando quieras y aquí me encontrarás.

Ella notaba que él tenía miedo. Lo notaba tanto que no se contentaba con las palabras para hacerle esa promesa, sino que le apretaba el brazo con las dos manos.

—¡Vamos, François, *hinaus*!

Empleaba una palabra de la primera lengua que había hablado.

—Lárguese, señor, y no espere encontrar al volver un almuerzo extraordinario.

Los dos pensaron al mismo tiempo en Fouquet's, pero los dos ocultaron cuidadosamente ese pensamiento.

—Ponte un abrigo. Éste… Un sombrero negro. Sí, sí…

Lo empujó hacia la puerta. Aún no había tenido tiempo de asearse.

Tenía prisa por quedarse sola, él se daba cuenta y se preguntaba si se lo reprochaba o se lo agradecía.

—Te doy dos horas, pongamos tres—le espetó en el momento de cerrar la puerta.

Pero se vio obligada a abrirla de nuevo y él se percató de que estaba un poco pálida, y apurada.

—¡François!

Él subió los pocos peldaños que había bajado.

—Disculpa que te pida esto, pero ¿puedes darme algunos dólares para comprar la comida?

Él no lo había pensado. Se sonrojó. Era tan inesperado… En el pasillo, cerca de la barandilla, justo delante de la puerta donde las letras J. K. C. estaban pintadas de verde…

Tenía la sensación de no haber sido tan torpe en toda su vida. Buscaba la cartera, los billetes, no quería dar la impresión de que los contaba, le daba igual, y se sonrojaba más, le tendía unos cuantos billetes de uno, de dos o de cinco dólares, no quería saberlo.

—Perdóname.

Lo sabía. Claro. Y se le hacía un nudo en la garganta. Hubiera querido volver a la habitación con ella y dar rienda suelta a su emoción. No se atrevía, precisamente porque había ese dinero de por medio.

—¿Te importa que me compre unas medias?

Entonces comprendió que ella lo hacía adrede, que quería devolverle su confianza en sí mismo, devolverle su papel de hombre.

—Siento no haber pensado en ello.

—Quizá consiga recuperar mis maletas, ¿sabes?…

Ella seguía sonriendo. Era indispensable que aquello se dijera sonriendo, y con esa sonrisa tan particular que habían conquistado aquella mañana.

—¡No cometeré locuras, no te preocupes!

Él la miró. Seguía sin coquetería, sin maquillar, sin importarle el aspecto que le daban aquel batín de hombre y aquellas zapatillas que a cada instante tenía que atrapar con la punta del pie.

Él estaba dos peldaños por debajo de ella.

Los subió.

Y allí, en aquel corredor, delante de las puertas anónimas, en una especie de *no man's land*, se dieron el primer beso de verdad del día, tal vez su primer beso de amor, y los dos eran conscientes de que debía contener tantas cosas que lo prolongaban mucho, despacio, tiernamente, que ya no querían que acabara y fue necesario que se oyese un portazo para separar sus labios.

Entonces ella dijo simplemente:

—Vete, anda.

Y él bajó, sintiéndose otro hombre.

5

Gracias a Laugier, un dramaturgo francés que vivía en Nueva York desde hacía dos años, había obtenido algunos programas en la radio. También había interpretado el papel de un francés en una comedia de Broadway, pero la obra, que primero se probó en Boston, sólo había estado tres semanas en cartel.

Esa mañana no sentía amargura alguna. Había caminado hasta Washington Square, donde había tomado el autobús que recorre la Quinta Avenida de punta a punta. Por gusto, para gozar del espectáculo de la calle, había subido a la imperial del autobús y continuaba, por lo menos al principio, sintiéndose alegre.

La avenida era clara, las piedras de los edificios de un gris dorado, dando a veces la ilusión de la transparencia, y el cielo allá arriba de un azul puro, con algunas nubecitas algodonosas como las que se ven alrededor de las imágenes de los santos.

La emisora de radio estaba en la Calle 66 y, al bajar del autobús, todavía se creía feliz; como mucho, sentía un malestar vago, apenas una inquietud, una falta de equilibrio o más bien quizá lo que se llama un presentimiento.

Pero ¿un presentimiento de qué?

Se le ocurrió que, cuando volviera a casa, Kay podría no estar. Se encogió de hombros. Se vio encogiéndose de hombros porque, como llegaba con unos minutos de antelación a la visita que quería hacer, se había detenido delante del escaparate de una tienda de cuadros.

¿Por qué entonces se iba poniendo triste a medida que

se alejaba de Greenwich Village? Entró en el edificio, en uno de los ascensores, esperó al piso doce y recorrió unos pasillos que conocía. Al final había una sala muy clara con docenas de empleados, hombres y mujeres, y dentro de un box, pelirrojo y con la cara picada de viruela, el director de los programas dramáticos.

Se llamaba Hourvitch. Le llamó la atención, porque se acordó de que era húngaro y todo lo que de cerca o de lejos tenía que ver con Kay le llamaba la atención.

—Esperaba su llamada ayer, pero no importa. Siéntese. Le toca el miércoles. Por cierto, espero a su amigo Laugier de un momento a otro. Ya tendría que estar aquí. Es probable que emitamos muy pronto su última obra.

Era Kay quien había elegido el traje, quien en cierto modo lo había vestido y le había hecho el nudo de la corbata, y de eso no hacía ni media hora; había creído vivir con ella uno de esos minutos inolvidables que unen a dos seres para siempre, y de pronto todo eso le parecía lejano, casi irreal.

Mientras su interlocutor contestaba al teléfono, él paseaba la mirada por la amplia estancia blanca, y su mirada no lograba captar más que un reloj de pared con un marco negro. Intentaba recordar la cara de Kay y no lo conseguía.

Se lo reprochaba a ella. Lograba verla más o menos tal como era fuera, en la calle, recordarla tal como era la primera noche, con su sombrerito negro inclinado sobre la frente, la mancha de carmín en el cigarrillo, las pieles sobre los hombros, pero le irritaba, no, le inquietaba, no poder recordarla de otra forma.

Sin duda se notaba su impaciencia, su nerviosismo, porque el húngaro le preguntó, sin soltar el auricular:

—¿Tiene prisa? ¿No espera a Laugier?

Claro que sí, claro que esperaría, pero se había producido un clic, toda su serenidad se había evaporado, no habría podido decir exactamente cuándo, y su confianza, y una alegría de vivir tan nueva que no se habría atrevido a pasearla voluntariamente por las calles.

Y ahora tenía una mirada de mala conciencia, por así decir, impregnada de un desapego afectado, mientras el hombre, delante de él, soltaba por fin el teléfono.

—Usted, que es húngaro, debe de conocer al conde Larski.

—¿El embajador?

—Supongo. Sí, seguro que ahora es embajador.

—Si es la persona que me imagino, se trata de un hombre fuera de serie. Actualmente es embajador en México. Fue durante mucho tiempo primer secretario en París, donde lo conocí, pues, como usted sin duda sabe, trabajé para Gaumont. Su mujer, si mal no recuerdo, se fue con un gigoló.

Se lo esperaba. Se sentía avergonzado porque ésas eran las palabras que había buscado, las que había provocado, y de repente sentía ganas de zanjar la conversación:

—Es suficiente.

El otro continuó:

—Ignoro qué ha sido de ella. Me la encontré una vez en Cannes, cuando rodaba una película como asistente del director. Y me parece haberla visto en Nueva York. —Sonrió al añadir—: Al final, te acabas encontrando con todo el mundo en Nueva York, ya sabe. ¡Arriba o abajo! Creo que ella estaba más bien abajo… A propósito de su programa, quería decirle…

¿Acaso Combe escuchaba todavía? Se arrepentía de haber venido, de haber hablado demasiado. Tenía la sensación de haber ensuciado algo y, sin embargo, en ese momento concreto, era a ella a quien culpaba.

No sabía de qué, tal vez en el fondo, muy en el fondo, de no haberle mentido en todo lo que contó.

¿Se había creído de verdad que era la mujer de un primer

secretario de embajada? Ya no lo sabía. Estaba furioso. Se decía, con amargura: «Dentro de un rato, cuando vuelva, se habrá ido. ¿No es lo que hace habitualmente?».

Y la idea del vacío que lo recibiría le era tan intolerable que le producía una angustia física, un dolor claramente localizado en el pecho, como una enfermedad. Sentía ganas de meterse en un taxi y hacer que lo llevara enseguida a Greenwich Village.

Un instante después, casi al mismo tiempo, pensaba, irónico: «¡Claro que no! Estará allí. ¿No ha confesado que la noche en que nos conocimos se fue conmigo como hubiera podido irse con otro, con cualquiera?».

Una voz jovial le espetó:

—¿Cómo estás, chico?

Y sonrió instantáneamente. Debía de poner cara de idiota, con su sonrisa automática, porque Laugier, que acababa de llegar y le estaba estrechando la mano, preguntó preocupado:

—¿Algo va mal?

—No. ¿Por qué?

Laugier no se complicaba la existencia, o si se le complicaba lo hacía a su manera. Nunca decía su edad, pero debía de tener al menos cincuenta y cinco años. No se había casado. Vivía rodeado de mujeres bonitas, de veinte a veinticinco años la mayoría, iban cambiando a su alrededor, parecía que jugaba con ellas como un malabarista con sus bolas blancas y nunca ninguna se le quedaba en la mano, nunca parecían dejar huella ni aportar la menor complicación a su vida de soltero.

Era complaciente hasta el punto de decirte al teléfono, cuando te invitaba a cenar: «¿Estás solo? Como estaré acompañado de un encanto, le pediré que se traiga a una de sus amiguitas».

¿Seguía Kay en la habitación? Ojalá hubiera podido, aunque fuera por un instante, recordar su cara... Por más que se empeñaba, no lo conseguía. Llegó a decirse, supersticioso: «Eso es porque ya no está allí».

Luego, a causa de la presencia de Laugier y su cinismo simplón, la repudió y pensó: «¡Seguro que está! ¡Me juego lo que sea! Y para esta noche habrá encontrado otra comedia que representar».

Mentía, eso era indudable. Le había mentido varias veces. Y, además, lo había confesado. ¿Por qué no iba a seguir mintiendo? ¿Y en qué momento podía estar seguro de que decía la verdad? Dudaba de todo, incluso de la historia del sastre judío y del grifo al final del pasillo, en Viena, que había servido para enternecerlo.

—Estás paliducho, chico. Ven a tomarte una hamburguesa conmigo. ¡Sí, hombre! Vamos. Despacho a Hourvitch en tres minutos.

¿Por qué, mientras los dos hombres hablaban de sus asuntos, pensaba en su mujer al mismo tiempo que en Kay?

Seguramente por la frase del húngaro: «Se fue con un gigoló».

Debían de decir lo mismo de su mujer. Le daba igual. Había sido sincero aquella mañana cuando afirmó que ya no la amaba. En realidad, ni siquiera era por su culpa por lo que había sufrido y se había sentido desamparado. Era mucho más complicado.

Ni siquiera Kay lo comprendería. ¿Por qué habría de comprenderlo? ¿Sobre qué ridículo pedestal la había colocado simplemente porque la encontró una noche en que la soledad se le había hecho intolerable y ella, por su parte, buscaba si no a un hombre al menos una cama?

¡Porque lo que buscaba esa noche era sencilla y llanamente una cama!

—¿Estás listo, chico?

Se levantó precipitadamente, con una sonrisa forzada y dócil.

—Debería pensar en él, querido Hourvitch, para el papel del senador.

Un papel secundario, sin duda, pero Laugier era muy amable. En París, la situación habría sido la inversa. Siete años antes, por ejemplo, en el Fouquet's precisamente, era Laugier, borracho perdido, quien insistía a las tres de la mañana: «Compréndelo, guapetón... Un papel de oro molido... Trescientas representaciones aseguradas, sin contar la provincia y el extranjero... Pero tienes que ser tú quien interprete al duque, si no la cosa no cuaja y hay que renunciar a la obra... ¡Déjate llevar! Ya te lo he contado más o menos... Lee el manuscrito... Arréglatelas... Si eres tú el que se la lleva al director de la Madeleine y le dices que quieres interpretarla, la cosa está hecha... Te llamo mañana a las seis... ¿Verdad, señora, que tiene que interpretar mi obra?».

Porque su mujer estaba con él aquella noche. Fue a ella a quien Laugier le dio el manuscrito con una sonrisa cómplice, y al día siguiente le envió una caja de bombones suntuosa.

—¿Bajas?

Bajaba. Esperó el ascensor, se metió en él detrás de su amigo y siguió con su aire ausente.

—¿Ves, chico?, Nueva York es así... Un día estás...

Le daban ganas de suplicarle: «¡Cállate, por favor! ¡Cállate, por lo que más quieras!».

Porque se sabía de memoria la letanía. Se la habían recitado mil veces. Nueva York se había acabado, ya no pensaba en la ciudad o, mejor dicho, ya pensaría en ella más tarde.

Lo importante es que había una mujer en su casa, en su

habitación, una mujer de la que prácticamente no sabía nada, de la que dudaba, una mujer a la que miraba con los ojos más fríos, más lúcidos, más crueles con que jamás había mirado a nadie, una mujer a la que a veces despreciaba y de la que sabía que ya no podía prescindir.

—Hourvitch es un buen tío. Un poco meteco, como tiene que ser. No ha olvidado que empezó barriendo los estudios de Billancourt y tiene alguna cuentita que saldar. Pero por lo demás es un buen compañero, sobre todo si no lo necesitas.

Combe estuvo a punto de pararse en seco, estrechar la mano de su compañero y decirle simplemente: «Adiós».

A veces se habla de un cuerpo sin alma. Sin duda alguna vez había pronunciado estas palabras como todo el mundo. Hoy, en ese preciso instante, en la esquina de la Calle 66 con Madison Avenue, era realmente un cuerpo inanimado, cuyo pensamiento, cuya vida estaban en otra parte.

—Haces mal en mortificarte, ¿sabes? Dentro de un mes, dentro de seis semanas, serás el primero en reírte de la cara que pones hoy. Valor, hermano, aunque sólo sea por los envidiosos que estarían demasiado contentos de verte flaquear. Yo, por ejemplo, después de mi segunda obra en la Porte-Saint-Martin...

¿Por qué permitió Kay que se fuera? Ella, que lo adivinaba todo, habría debido entender que aún no era el momento. A menos que necesitase ella misma la libertad...

¿Sería verdad la historia de Jessie? Ese baúl encerrado en un apartamento cuya llave navegaba ahora hacia el canal de Panamá...

—¿Qué tomas?

Laugier lo había llevado a un bar bastante parecido al de ellos, y cerca de la barra había la misma gramola.

—Un manhattan.

Buscó en el bolsillo una moneda de níquel. Se miró en el espejo, entre los cristales de la estantería, y encontró que tenía una cara tan ridícula que no pudo evitar dirigirse una sonrisa sarcástica.

—¿Qué haces después del *lunch*?

—Tengo que volver.

—¿Volver adónde? Te habría llevado a un ensayo.

Y esta palabra evocó para Combe los ensayos en los que había participado en Nueva York, en una sala minúscula, en el vigésimo o vigésimo quinto piso de un edificio de Broadway. Sólo habían alquilado la sala para el tiempo estrictamente necesario, una hora o dos, ya no lo recordaba. Todavía estaban en pleno ensayo cuando los integrantes de otra compañía llegaban y se apretujaban entre los decorados esperando su turno.

Parecía que cada uno sólo conociera sus réplicas, su personaje, que ignoraba el resto de la obra o no le interesaba. Y sobre todo no le interesaban los demás actores. No se decían ni hola ni adiós.

¿Aquellos con los que había actuado sabían siquiera su nombre? El director le había hecho una señal, él había hecho su entrada, pronunciado sus réplicas y la única señal de interés humano que había obtenido en todo ese tiempo había sido la risa de los figurantes ante su acento.

De pronto sintió miedo, un miedo atroz de volver a esa soledad que había conocido allí, entre dos decorados de tela pintada, una soledad más espesa que en ningún otro lugar, incluso que en su habitación, más que cuando detrás del tabique sonoro Winnie X... y J. K. C. se entregaban a sus retozos de los viernes.

Apenas se dio cuenta de que caminaba hacia la gramola, buscaba un título, pulsaba una tecla niquelada e introducía una moneda de cinco centavos en la hendidura.

Apenas había empezado la melodía cuando Laugier, que le hacía una seña al barman para que llenase las copas, le explicó:

—¿Sabes cuánto ha recaudado esta canción, sólo en Estados Unidos? Cien mil dólares, amigo mío, en derechos de autor, incluyendo la música y la letra, naturalmente. Y está dando la vuelta al mundo. En este momento, la están tocando al menos dos mil máquinas como esta que acabas de poner en marcha, por no hablar de las orquestas, la radio y los restaurantes. A veces pienso que más me valdría haber escrito canciones que obras de teatro. *Cheerio!*... ¿Y si fuéramos a comer algo?

—¿Te importa si me voy?

Lo dijo tan serio que Laugier lo miró no sólo con sorpresa, sino, a pesar de su ironía habitual, con cierto respeto.

—Entonces, ¿de veras estás mal?

—Discúlpame...

—Pues claro, hombre... Pero dime...

No. No era posible. Tenía los nervios a flor de piel. Incluso la calle, con ese estruendo que normalmente no oía, con esa agitación estúpida, lo exasperaba. Permaneció un buen rato de pie en la parada del autobús y luego, cuando se paró un taxi un poco más allá, corrió para cogerlo, se metió dentro y dio su dirección.

No sabía qué temía más, si encontrar a Kay o no encontrarla. Estaba furioso consigo mismo, furioso con ella, sin saber qué le reprochaba. Se sentía humillado, terriblemente humillado.

Las avenidas iban desfilando. No las miraba, no las reconocía. Se decía a sí mismo: «¡Habrá aprovechado para irse, la muy zorra!».

Y casi al mismo tiempo: «Yo o cualquier otro... Qué más da... O el gigoló de Cannes...».

Acechaba su calle por la portezuela como si esperase encontrar cambiado el aspecto de la casa. Estaba pálido y era consciente de ello. Tenía las manos frías, la frente sudada.

Ella no estaba en la ventana. No vio allí, como por la mañana, cuando el sol era tan ligero, el día todavía nuevo, su mano deslizándose suavemente contra el cristal para enviarle un mensaje afectuoso.

Subió los peldaños de cuatro en cuatro, no se paró hasta llegar al penúltimo piso, y estaba tan furioso que sentía pena y vergüenza de su propio furor, y casi podría haber encontrado fuerzas para reírse de sí mismo.

Allí, contra la barandilla un poco viscosa, fue donde aquella mañana, hacía apenas dos horas…

No era posible esperar más. Necesitaba saber si se había ido. Topó con la puerta, introdujo la llave en la cerradura y andaba forcejeando torpemente cuando la puerta se abrió desde dentro.

Kay estaba allí y sonreía.

—Ven…—dijo él sin mirarla la cara.

—¿Qué te pasa?

—Nada. Ven.

Ella llevaba su vestido de seda negra. Evidentemente, no habría podido llevar otro. Sin embargo, debió de haberse comprado un cuellecito blanco bordado, que él no le había visto antes y que, sin motivo, lo exasperó.

—Ven.

—El *lunch* está listo, ¿sabes?

Ya lo veía. Veía perfectamente la habitación ordenada por primera vez desde hacía tiempo. Adivinaba incluso al viejo sastre judío detrás de su ventana, pero no le apetecía prestarle atención.

¡A nada! Ni a Kay, que también estaba desconcertada, todavía más que Laugier hacía un rato, y en cuyos ojos encontraba la misma sumisión respetuosa que deben de inspirar todos los paroxismos.

No podía más, ¿lo comprendían, sí o no? Si no lo comprendían, no tenían más que decirlo y él se iría a palmarla solo en su rincón. ¡Y ya está!

Pero que no lo hiciesen esperar, que no le hiciesen preguntas. Estaba harto. ¿De qué? ¡De las preguntas! Al menos, de las que se hacía él mismo y que lo ponían enfermo, sí, enfermo de los nervios.

—¿Vienes?

—Ya voy, François. Había pensado…

¡Nada! Ella había pensado en prepararle una comidita, lo sabía, lo veía, no era ciego. ¿Y qué? ¿Era así como la había amado, con ese aspecto embobado de recién casada? ¿Acaso habían sido capaces de pararse alguna vez ellos dos?

Al menos él, no.

—Creo que el infiernillo…

¡Que lo dejara encendido hasta que tuvieran tiempo de ocuparse de él! ¿Acaso no había estado encendida la lámpara durante cuarenta y ocho horas? ¿Acaso se había ocupado de ella?

—Ven.

¿De qué tenía miedo? ¿De ella? ¿De sí mismo? ¿Del destino? Lo único seguro es que necesitaba volver a zambullirse en la multitud con ella, caminar, pararse en pequeños bares, rozarse con desconocidos a los que no se pedía perdón cuando se les empujaba o a los que se pisaba, quizá necesitaba ponerse de los nervios viendo a Kay dejar concienzudamente la marca redonda de sus labios en el supuestamente último cigarrillo.

¿Acaso ella lo había comprendido?

Estaban en la acera, los dos. Era él quien ya no sabía adónde ir, y ella no sentía la curiosidad de preguntárselo.

Entonces, sordamente, como si aceptase de una vez por todas la fatalidad, repitió, en el momento en que ella lo tomaba del brazo:

—Ven.

Fueron dos horas agotadoras. Parecía que él se obstinase, con una especie de sadismo, en hacerla pasar por todos los lugares que habían conocido juntos.

Por la cafetería del Rockefeller Center, por ejemplo, donde él pidió exactamente el mismo menú que la primera vez, la espió largo rato, con ferocidad, y le preguntó a bocajarro:

—¿Con quién has estado aquí?

—¿Qué quieres decir?

—No hagas preguntas. Contesta. Cuando una mujer contesta a una pregunta con otra pregunta es que va a mentir.

—No te entiendo, François.

—Me has dicho que has venido aquí muchas veces. Reconoce que sería muy raro que siempre hubieses venido sola.

—Alguna vez he venido con Jessie.

—¿Y quién más?

—No me acuerdo.

—¿Con qué hombre?

—Quizá, sí, hace mucho, con un amigo de Jessie...

—Un amigo de Jessie que era tu amante.

—Pero...

—Confiésalo.

—Es decir... Sí, me parece que... Una vez, en un taxi...

Y él veía el interior del taxi, la espalda del taxista, las manchas lechosas de las caras en la oscuridad. Tenía en los labios el sabor de aquellos besos, que uno roba en cierto modo al rozar la multitud.

—¡Zorra!—gruñó.

—Tenía tan poca importancia, Frank...

¿Por qué lo llamaba Frank, de repente?

Él o cualquier otro, ¿verdad? Uno más o uno menos...

¿Por qué no se rebelaba? Le reprochaba su pasividad, su humildad. La arrastró fuera. La siguió arrastrando, a otro sitio, más lejos, como si una fuerza oscura tirase de él.

—Y por esta calle, ¿también has pasado con un hombre?

—No. No recuerdo...

—Nueva York es tan grande, ¿verdad? Sin embargo, llevas años viviendo en esta ciudad. No me dirás que no has frecuentado otros antros como el nuestro, con otros hombres, que no has puesto interminablemente otros discos, que en aquel momento eran *vuestro* disco...

—Jamás he amado, Frank...

—Mientes.

—Cree lo que quieras. Jamás he amado. No como te amo a ti...

—¡Seguro que ibais al cine! Estoy seguro de que has ido al cine con otro hombre y habéis hecho toda clase de cochinadas en la oscuridad. ¡Confiésalo!

—No me acuerdo.

—¿Lo ves? ¿Fue en Broadway? Enséñame el cine.

—Quizá en el Capitol, una vez...

Estaban a menos de cien metros y veían las letras rojas y amarillas del letrero encendiéndose y apagándose.

—Un joven oficial de Marina. Un francés.

—¿Fuisteis amantes mucho tiempo?

—Un fin de semana. Su barco había recalado en Boston. Había venido a Nueva York a pasar el fin de semana con un amigo...

—¡Y te los tiraste a los dos!

—Cuando el amigo se dio cuenta, nos dejó solos.

—Apuesto a que os conocisteis por la calle.

—Sí. Reconocí el uniforme. Los oí hablar francés. Ellos no sabían que los entendía y sonreí. Me dirigieron la palabra...

—¿A qué hotel te llevó? ¿Dónde os acostasteis? Contesta. Ella callaba.

—¡Contesta!

—¿Por qué quieres saberlo? Te atormentas por nada, te lo aseguro. ¡No tenía ninguna importancia!

—¿En qué hotel?

Entonces, fatalista, respondió resignada:

—En el Lotus.

Él se echó a reír y le soltó el brazo.

—¡Ésta sí que es buena! Reconocerás que hay fatalidades... O sea que cuando la primera noche, la primera mañana más bien, porque casi era de día, te llevé hasta el...

—¡François!

—Sí. Tienes razón. Soy tonto, ¿verdad? Como tú dices, no tiene ninguna importancia. —Luego, tras unos pasos—: Apuesto a que estaba casado, tu oficial, y que te habló de su mujer.

—Y me mostró la foto de sus hijos.

Con la mirada fija, evocó las fotografías de sus dos hijos en la pared de su habitación y siguió arrastrándola. Ya habían llegado a su pequeño bar. La empujó brutalmente para que entrase.

—¿Estás segura, absolutamente segura, de que no has venido nunca aquí con otro? Sería mejor que lo confesaras enseguida.

—Sólo he venido contigo.

—Bueno, es posible que por una vez digas la verdad.

Ella no estaba enfadada con él. Incluso se esforzaba por comportarse con naturalidad, tendió la mano para que le diera un *nickel* y fue dócilmente, como quien cumple con un ritual, a poner su disco en la máquina de música.

—Dos whiskies.

Combe se bebió tres o cuatro. Y la veía yendo de bar en bar por la noche con hombres que no eran él, pidiendo una última copa, encendiendo un último cigarrillo, siempre el último, y la veía esperando al hombre en la acera, caminando torpemente por culpa de los tacones altos, de los pies que le dolían un poco, colgándose de un brazo…

—¿No quieres que volvamos?

—No.

Él no escuchaba la música. Parecía ensimismado y pagó bruscamente, y repitió como lo venía haciendo desde hacía horas:

—Ven.

—¿Adónde vamos?

—A buscar más recuerdos. Lo que significa que podríamos ir a cualquier parte, ¿verdad?

Al ver un salón de baile le preguntó:

—¿Bailas?

Ella lo interpretó mal. Respondió:

—¿Te apetece bailar?

—Te pregunto si bailas.

—Pues claro, François.

—¿Adónde ibas las noches en que te apetecía bailar? Muéstramelo… ¿No comprendes que quiero saber? Y si por casualidad… si nos cruzamos con un hombre… ¿comprendes? Un hombre con el que te has acostado… Eso ocurrirá un día u otro… Tal vez ya ha ocurrido… quiero que me hagas el honor de decirme: «Éste…».

Se volvió a medias hacia ella, sin querer, se dio cuenta de que estaba sofocada, con los ojos brillantes, pero no se compadeció, sufría demasiado para compadecerse de ella.

—¡Dímelo! ¿Ya nos hemos cruzado con alguno?

—Pues claro que no.

Ella lloraba. Lloraba sin llorar, como lloran los niños en la calle cuando su madre los arrastra de la mano en medio del gentío.

—¡Taxi!—Y, haciéndola entrar, dijo—: Esto te traerá recuerdos. ¿Quién era, el hombre del taxi? Si es que ha habido alguno. Porque, ¿no es cierto que era moda en Nueva York hacer el amor en los taxis? ¿Quién era?

—Un amigo de Jessie, ya te lo he dicho. O más bien un amigo de su marido, de Ronald, con quien nos encontramos por casualidad.

—¿Dónde?

Sentía la necesidad cruel de fijarlo todo en imágenes.

—En un pequeño restaurante francés de la Calle 42.

—¡Y os invitó a champagne! ¡Y Jessie, discretamente, se retiró, como el amigo de tu marinero! ¡Qué discreta pueda ser a veces la gente! Enseguida se dan cuenta. Bajemos.

Era la primera vez que volvían a ver la esquina, la cafetería donde se conocieron.

—¿Qué quieres hacer?

—Nada. Una peregrinación. Ya lo ves. ¿Y aquí?

—¿Qué quieres decir?

—Lo has comprendido perfectamente. Seguro que no era la primera vez que venías a comer algo por la noche a este lugar. Está muy cerca de tu casa, de la casa de Jessie. Como ya empiezo a conoceros a las dos, me sorprendería que no hubieses trabado conversación con nadie. ¡Porque a ti se te da muy bien trabar conversación con los hombres! ¿Verdad, Kay?

La miraba de frente, tan pálida, con la cara desencajada y los ojos tan fijos, sin valor para protestar. Él le apretaba el brazo con crueldad, con unos dedos duros como pinzas.

—Ven.

Ya era de noche. Pasaban por delante de la casa de Jessie y Kay se detuvo, sorprendida, al ver luz en la ventana.

—Mira, François.

—¿Qué pasa? ¿Que ha vuelto tu amiga? ¡A menos que sea vuestro Enrico! Te gustaría subir, ¿verdad? ¡Dilo! ¿Quieres subir? Dilo…—Su voz amenazaba—: ¿A qué esperas? ¿Te da miedo que suba contigo y descubra todas las porquerías que debe de haber ahí arriba?

Entonces fue ella la que, con una voz pesada, como hinchada por los sollozos, dijo, arrastrándolo:

—Ven.

Siguieron caminando. Recorrieron otra vez la Quinta Avenida, con la cabeza gacha, en silencio, sin ver nada de todo lo turbio o lo amargo que se interponía entre ellos.

—Voy a hacerte una pregunta, Kay.

Parecía más tranquilo, más dueño de sí mismo. Ella murmuró resignada, tal vez con una pizca de esperanza:

—Te escucho.

—Prométeme que contestarás con sinceridad.

—Pues claro.

—Prométemelo.

—Lo juro.

—Dime cuántos hombres ha habido en tu vida.

—¿Qué quieres decir?

—¿No lo entiendes?—recalcó, agresivo.

—Depende de lo que entiendas por «haber».

—¿Cuántos hombres se han acostado contigo?—Y añadió, sardónico—: ¿Cien? ¿Ciento cincuenta? ¿Más?

—Muchos menos.

—¿Es decir?

—No lo sé. Espera…

Se esforzó de veras en hacer memoria. Se la veía mover los labios, tal vez murmurando cifras o nombres.

—Diecisiete. No, dieciocho…

—¿Estás segura de que no te has dejado ninguno?

—Creo que no. Sí, son todos…

—¿Incluido tu marido?

—Perdón, no había contado a mi marido. Pues diecinueve, cariño. Pero si supieras lo poco importante que es eso…

—Ven.

Dieron media vuelta. Estaban agotados, con el cuerpo y la cabeza vacíos. Ya no decían nada, ni lo intentaban siquiera.

Washington Square… Las calles provincianas y desiertas de Greenwich Village… La tienda del chino, que estaba planchando bajo una luz cruda… Las cortinas a cuadros del restaurante italiano…

—¡Sube!

Caminaba detrás de ella, tan tranquilo, tan frío en apariencia que ella sentía escalofríos en la nuca. Abrió la puerta de su habitación.

Casi parecía un justiciero.

—Puedes acostarte.

—¿Y tú?

¿Él? Sí, ¿qué iba a hacer él? Se coló detrás de la cortina y pegó la frente al cristal de la ventana. La oía ir y venir en la habitación. Reconoció el ruido que hace el somier cuando alguien se acuesta, pero siguió un buen rato envuelto en su dura soledad.

Por fin se plantó delante de ella, la miró intensamente, sin mover ni un solo músculo de la cara.

Murmuró con la punta de los labios:

—Tú…—Luego repitió, subiendo cada vez el tono, hasta chillar desesperadamente—: ¡Tú! ¡Tú! ¡Tú!

Su puño había quedado suspendido en el espacio y sin duda, por un instante, todavía habría podido dominarse.

—¡Tú!

La voz se volvió ronca, el puño caía, golpeaba la cara con todo su peso, una, dos, tres veces...

Hasta el momento en que, como vaciado de toda sustancia, el hombre se desplomó por fin encima de ella sollozando y pidiendo perdón.

Y ella suspiraba, con una voz que venía de muy lejos, mientras las lágrimas saladas se mezclaba en los labios de los dos:

—Pobre cariño mío...

6

Se habían levantado muy pronto, sin saberlo, tan convencidos de que habían dormido una eternidad que ni el uno ni el otro pensaron en mirar la hora.

Fue Kay la que, al abrir las cortinas, exclamó:

—Ven a ver esto, François.

Por primera vez desde que vivía en esa habitación, no vio al sastrecillo judío sentado a la turca encima de la mesa, sino sentado como todo el mundo en una silla, una vieja silla de enea que debía de haber traído de los confines de su Polonia o de su Ucrania natales. Acodado a la mesa, mojaba unas gruesas rebanadas de pan en un bol de cerámica con un dibujo de flores y miraba al frente apaciblemente.

Encima de su cabeza, seguía encendida la bombilla eléctrica que colgaba de un hilo flexible y que él, por la tarde, llevaba con un alambre hasta el lugar donde trabajaba.

Comía lenta, solemnemente, y sólo tenía delante de los ojos una pared en la que colgaban unas tijeras y unos patrones de grueso papel gris.

—Es mi amigo. Debo encontrar la manera de alegrarlo—dijo Kay.

Porque se sentían felices.

—¿Sabes que ni siquiera son las siete de la mañana?

Y, sin embargo, no sentían cansancio alguno, sólo un inmenso y profundo bienestar que los obligaba, de vez en cuando, a sonreír con los pretextos más fútiles.

La observó vestirse y, mientras vertía agua hirviendo en el café, reflexionó en voz alta:

—Seguro que anoche había alguien en casa de tu amiga porque vimos luz.

—Me extrañaría que Jessie hubiese vuelto.

—Te gustaría recuperar tus cosas, ¿verdad?

Ella todavía no se atrevía a aceptar lo que sentía que era generosidad.

—Escucha—continuó él—. Te acompañaré. Tú subes y yo te espero abajo.

—¿Tú crees?

Él sabía en qué estaba pensando, en que se arriesgaba a encontrarse con Enrico, o con Ronald, como llamaba familiarmente al marido de su amiga.

—Iremos.

Y fueron, tan temprano que el espectáculo de la calle les pareció lleno de un sabor desconocido. Sin duda ambos habían recorrido ya las calles de buena mañana, pero aún no lo habían hecho nunca juntos. Ellos, que se habían arrastrado de noche por las aceras y los bares, tenían la impresión de lavarse el alma en el frescor matutino, en el desaliño alegre de una ciudad que se asea.

—Mira. Hay una ventana abierta. Sube. Yo me quedo aquí.

—Preferiría que subieras conmigo, François. Por favor. ¿Te importa?

Subieron por la escalera, que era limpia, sin lujo, muy de clase media. Había felpudos delante de algunas puertas y una criada, en el segundo piso, frotando el pomo de latón y haciendo temblar unos senos grandes y gelatinosos.

Él no ignoraba que Kay estaba algo asustada, que aquello era un experimento. ¡Sin embargo, qué sencillo le parecía todo, qué convencional, qué banal y qué poco misteriosa le parecía la casa!

Ella llamó y sus labios temblaban mientras lo miraba; para tranquilizarse, le apretó furtivamente la muñeca.

Ningún ruido respondió al timbre que había resonado en el vacío.

—¿Qué hora es?

—Las nueve.

—¿Me permites?

Llamó a la puerta de al lado y un hombre de unos sesenta años, con un batín acolchado y los cabellos despeinados alrededor de un cráneo rosa, salió con un libro en la mano. Tuvo que inclinar la cabeza para mirarla por encima de las gafas.

—¡Vaya! ¡Es usted, mi querida señorita! Suponía que pasaría algún día por aquí. ¿El señor Enrico consiguió localizarla? Vino ayer por la noche. Me preguntó si usted me había dejado su nueva dirección. Creí entender que en el piso había algunos objetos que quería devolverle.

—Gracias, señor Bruce. Perdone que le haya molestado. Necesitaba asegurarme de que era él el que había venido.

—¿No tiene noticias de su amiga?

¡Qué banal y familiar resultaba todo!

—No sé cómo es que Enrico tiene la llave—dijo ella al salir del edificio—, pero lo adivino. Cuando a su marido lo nombraron para ese cargo en Panamá y Jessie se dio cuenta de que el clima no le sentaba bien, primero se instaló en el Bronx. En aquel entonces trabajaba como telefonista en un edificio de Madison Avenue. Cuando conoció a Enrico y se decidió (porque, aunque no te lo creas, pasaron cinco meses antes de que hubiese algo entre ellos), fue él quien insistió para que se viniese a vivir aquí. Enrico sólo debía de pagar el alquiler, ¿comprendes? No sé exactamente cuál fue el trato, pero ahora me pregunto si Enrico no alquilaría el piso a su nombre.

—¿Por qué no le llamas por teléfono?

—¿A quién?

—A Enrico, cielo. Puesto que tiene la llave y tus cosas están en el piso, es lo natural, ¿no crees?

Él quería que fuera natural. Y aquella mañana lo era.

—¿De veras quieres que le llame?

Él le apretó la mano.

—Por favor.

Fue él quien la llevó, cogidos del brazo los dos, hasta el *drugstore* más cercano. Pero, al llegar allí, Kay se acordó de que el amante de Jessie nunca estaba en su despacho antes de las diez y esperaron tranquilamente, tan tranquilamente que la gente habría podido tomarlos por un viejo matrimonio.

Ella volvió dos veces de la cabina sin haber conseguido nada. La tercera vez, él la vio a través del cristal, hablando, contactando por primera vez con su pasado, al otro extremo del hilo telefónico, pero sin dejar de mirarlo, de sonreírle a él, con una sonrisa tímida que daba las gracias y pedía perdón al mismo tiempo.

—Ahora viene. ¿No estás enfadado? No he podido hacer otra cosa. Me ha dicho que cogía un taxi y que llegaría en diez minutos. No ha podido darme muchas explicaciones, porque había alguien en su oficina. Sólo sé que recibió la llave por mensajero, en un sobre que llevaba el nombre de Ronald.

Él se preguntaba si lo cogería del brazo mientras esperaban al sudamericano en la acera, cosa que ella hizo sin ostentación. No tardó en parar un taxi. Ella miró una última vez a su compañero a los ojos, como para una promesa, le mostró unos ojos muy claros, quería que los viera claros, y la mueca suplicante de sus labios le pedía a la vez que tuviera valor y que fuera indulgente.

Él no necesitaba ni lo uno ni lo otro. Se sentía de pronto tan desenvuelto que le costaba mantenerse serio.

Ese Enrico, ese Ric del que se había hecho un mundo, era un hombrecito de lo más corriente. No feo, tal vez. ¡Pero tan banal y de tan poca envergadura! Se creyó obligado, dadas las circunstancias, a precipitarse hacia Kay de una manera un poco teatral y estrecharle efusivamente las dos manos.

—¡Hay que ver lo que nos pasa, mi pobre Kay!

Con toda sencillez, ella hizo las presentaciones:

—Un amigo, François Combe. Puedes hablar delante de él. Se lo he contado todo.

De todas formas, el tuteo...

—Subamos enseguida porque tengo una cita importante dentro de un cuarto de hora en mi oficina. No despido al taxi.

Pasó delante. Era realmente bajo, iba muy atildado. Dejaba tras de sí una ligera estela perfumada y en sus cabellos morenos y engominados se notaban las huellas del rizador.

Buscaba la llave en el bolsillo, donde tenía un manojo. Combe observó el detalle complacido, pues le horrorizaban los hombres que iban por el mundo con un manojo de llaves. La del piso estaba aparte, en un bolsillo del chaleco, y Enrico tardó un buen rato en encontrarla; mientras tanto, los pies calzados con unos zapatos demasiado finos golpeaban febrilmente el suelo.

—¡Me quedé tan *destrozado* cuando vine y no encontré a nadie! Se me ocurrió llamar a la puerta de ese viejo caballero tan simpático, que me entregó una nota que le habían dejado para mí.

—A mí también.

—Lo sé. Me lo dijo, pero no sabía dónde encontrarte.

Echó maquinalmente una mirada a Combe y éste sonrió.

Tal vez esperaba de Kay una explicación, pero ella no se la dio y se contentó con una sonrisa feliz.

—Después, ayer, recibí la llave, sin ninguna explicación. Vine por la tarde.

¡Dios mío! ¡Qué sencillo era todo! ¡Y qué prosaico! La ventana abierta provocaba una corriente de aire y tuvieron que cerrar enseguida la puerta después de deslizarse en el interior. El piso era pequeñito, sin gracia, un piso como miles sin duda en Nueva York, con el mismo *cosy corner* en el salón, las mismas mesitas y los mismos ceniceros junto a los sillones, al alcance de la mano, el mismo tocadiscos y la misma biblioteca minúscula en un rincón, cerca de la ventana.

Allí era donde Kay y Jessie...

Combe sonreía sin ser consciente de ello, con una sonrisa que le salía en cierta forma de la piel. Quizá su mirada conservaba todavía un resto de socarronería, pero era casi imperceptible, y en cierto momento, al darse cuenta, se preguntó si Kay no estaría ofendida. ¿Qué idea se había hecho de la vida que había llevado, de esos hombres que ella continuamente mencionaba por su nombre de pila y que lo hacían sufrir?

¡Tenía a uno delante y observaba que a las diez de la mañana llevaba una perla en una corbata de color!

Kay había cerrado la ventana y ya estaba entrando en el dormitorio.

—¿Me echas una mano, François?

Él sabía que eso era todo un detalle. Un detalle el hecho de tutearlo, de hacerle representar un papel bastante íntimo, en definitiva.

Ella abrió un baúl un poco gastado y metió la cabeza en el ropero.

—¡Pero si Jessie no se ha llevado sus cosas!—dijo sorprendida.

Y Enrico, que estaba encendiendo un cigarrillo, contestó:

—Te lo explicaré. Esta mañana he recibido una carta suya, escrita a bordo del *Santa Clara*, de la Grace Line.

—¿Ya está navegando?

—Le exigió que tomase el primer barco con él. La cosa no fue como yo me había temido. Cuando llegó, él ya estaba al corriente de todos los detalles. Te daré a leer la carta que ha conseguido enviarme a través de un *steward*. Porque él no la deja ni a sol ni a sombra. El caso es que llegó aquí y le dijo simplemente: «¿Estás sola?». «Ya lo ves». «Estás esperando a que llegue de un momento a otro, ¿no?».

Y Enrico prosiguió, con el cigarrillo cogido de esa forma un poco afectada tan típica de las mujeres estadounidenses:

—Ya conoces a Jessie. No me lo dice en la carta, pero debió de protestar, de indignarse, de hacer mucho teatro.

La mirada de Combe se cruzó con la de Kay y ambos sonrieron.

—Parece ser que Ronald se mostró muy frío.

¡Vaya! También él lo llamaba Ronald...

—Me pregunto si no haría el viaje adrede, en cuanto alguien, no sé quién, lo puso al corriente. Se acercó al ropero, mientras Jessie juraba y perjuraba, y tiró sobre la cama mi batín y mi pijama.

Todavía estaban allí. Un batín casi nuevo, estampado con un motivo de ramos, y un pijama de seda color crema con unas iniciales en rojo oscuro.

—Tranquilamente, mientras ella sollozaba, él escogió sus cosas. Le permitió llevarse sólo lo que ya tenía hace tres años, cuando volvió de Panamá. Ya conoces a Jessie...

De nuevo el latiguillo. ¿Por qué también Combe tenía ahora la impresión de conocer a Jessie? No sólo a Jessie, sino a Kay, que de pronto le parecía tan comprensible que le daban ganas de reírse de sí mismo.

—Ya conoces a Jessie. No podía resignarse a abandonar ciertos vestidos, ciertos objetos, y decía: «Ronald, te juro que esto me lo he comprado yo con mi dinero».

¿Tendría Enrico pese a todo cierto sentido del humor?

—Me pregunto cómo ha conseguido contarme todo eso en la carta. Me dice que no la deja un solo instante, que le pisa los talones sin cesar, que vigila todas sus idas y venidas, espiando hasta sus miradas, y ha logrado escribirme seis páginas, algunas a lápiz, en las que me habla un poco de todo. También hay algunas palabras para ti. Te dice que te quedes con lo que no ha podido llevarse y que lo uses si te hace falta.

—Gracias, Enrico, pero no es posible.

—El piso está pagado hasta final de mes. Todavía no sé lo que haré con lo que tengo aquí. Como comprenderás, me es difícil llevármelo a casa. Si quieres que te deje la llave... De todos modos, tendré que dejártela, porque ahora debo irme. De veras, tengo unas citas importantísimas esta mañana. Supongo que ahora que están en el mar, Ronald la dejará un poco en paz.

—¡Pobre Jessie!

¿Se sentía culpable? Combe le oyó decir:

—No sé si yo habría podido ayudarla. No sabía nada. Justamente, aquella noche mi mujer daba una gran cena y no pude telefonear. ¡Adiós, Kay! Mándame la llave a la oficina.

Combe no sabía muy bien aún cómo tratar a aquel hombre al que no conocía, le estrechó la mano con una efusividad exagerada y sintió la necesidad de afirmar, como si con ello diese una garantía:

—Es la mejor amiga de Jessie.

—¿Qué haces, François?

—Nada, cariño.

Era sin duda la primera vez que la llamaba así sin ironía.

Tal vez, al haber descubierto a un Enrico tan bajito, la encontraba también a ella más baja, pero eso no lo decepcionaba, al contrario, sentía por ella una indulgencia casi infinita.

El otro se había ido y no quedaba en el piso más que un vago tufo de su perfume, su batín y su pijama sobre la cama y un par de zapatillas en el armario abierto.

—¿Comprendes, ahora?—murmuró Kay.

—Pues claro que lo comprendo, cariño.

Era cierto. Había hecho bien en venir, por fin la veía, a ella y a su entorno, y a todos esos hombres, a esos Enrico, esos Ronald, esos marineros, esos amigos a los que tuteaba indistintamente, los veía con la estatura que les correspondía.

No por eso la amaba menos. Al contrario, la amaba más tiernamente. Con un amor menos tenso, menos áspero, menos amargo. Ya casi no sentía miedo de ella ni del porvenir. Tal vez ya no sentía miedo en absoluto y se abandonaría sin recelos.

—Siéntate—le pidió ella—. Ocupas mucho sitio en la habitación.

¿Acaso esa habitación que había compartido con Jessie no se había vuelto también para ella más pequeña? Era clara y alegre. Las paredes eran blancas, de un blanco suave, las dos camas gemelas estaban cubiertas con una cretona que imitaba la tela de Jouy, y por las cortinas, de la misma cretona, se filtraba el sol.

Se sentó dócilmente en la cama, junto al batín con el estampado de ramos.

—¿He hecho bien, verdad, en no querer llevarme nada

de lo que pertenece a Jessie? ¡Mira! ¿Te gusta este vestido?

Un traje de noche, bastante sencillo, que le pareció bonito y que ella mantuvo desplegado poniéndoselo delante como si fuera la dependienta de una tienda de moda.

—¿Lo has llevado muchas veces?

¡No, que no lo interpretase mal! Esta vez no se trataba de celos. Lo decía amablemente, porque le agradecía que le dejase ver con tanta ingenuidad su coquetería.

—Dos veces nada más, y las dos veces te juro que nadie me tocó, ni siquiera para besarme.

—Te creo.

—¿De veras?

—Te creo.

—Éstos son los zapatos a juego. El oro es demasiado brillante, demasiado chillón para mi gusto, tendría que haber sido oro viejo, ¿comprendes?, pero no encontré nada más que se ajustase a mi presupuesto. ¿Te aburre que te enseñe todo esto?

—Qué va.

—¿Seguro?

—Al contrario. Dame un beso.

Ella dudó, no por ella, Combe lo comprendió, sino por una especie de respeto hacia él. No hizo más que inclinarse y rozarle los labios con los suyos.

—¿Sabes que la cama en la que estás sentado es la mía?

—¿Y Enrico?

—No pasaba la noche aquí ni dos veces al mes, a veces menos. Siempre se veía obligado a inventarse un viaje de negocios, por su mujer. Y era complicado, porque ella quería conocer el nombre del hotel en el que se hospedaba y no dudaba en telefonearle en plena noche.

—¿No sabía nada?

—Me imagino que sí, pero fingía no saberlo, se defendía

a su manera. Estoy convencida de que nunca lo ha amado, o ya no lo amaba, lo cual no le impedía estar celosa. Pero si lo hubiese acosado, él habría sido capaz de pedir el divorcio para casarse con Jessie.

¿Ese hombrecito con la corbata prendida con una perla? Qué bueno era poder oír todo eso ahora y dar automáticamente a las palabras, como a las cosas, su justa proporción.

—Venía a menudo por la tarde. Cada dos o tres días. A las once tenía que marcharse y la mayor parte de las veces yo me iba al cine para dejarlos solos. ¿Quieres que te muestre el cine, muy cerca de aquí, al que en ocasiones fui tres veces a ver la misma película, por la pereza de tomar el metro?

—¿Te apetece ponerte ese vestido?

—¿Cómo lo sabes?

Seguía teniéndolo en la mano. Con un movimiento rápido, que nunca había hecho antes delante de él, se quitó el vestido negro de todos los días y él tuvo la impresión de verla por primera vez en su intimidad. ¿Acaso no era realmente la primera vez que la contemplaba en ropa interior?

Es más: se daba cuenta de que todavía no había sentido curiosidad por su cuerpo. Sus carnes se habían lastimado salvajemente, habían rodado juntos, esa noche de nuevo, hasta el abismo y, sin embargo, no habría podido decir cómo era su cuerpo.

—¿Tengo que cambiarme de combinación también?

—De todo, cariño.

—Levántate y pasa el cerrojo.

Era casi un juego, un juego extremadamente agradable. Era la tercera habitación en la que estaban juntos, y en cada una descubría no sólo a una Kay diferente, sino nuevas razones para amarla, una nueva manera de amarla.

Volvió a sentarse al borde de la cama y la miró, desnuda, el cuerpo blanquísimo, apenas dorado por el sol que atravesaba las cortinas, buscando en los cajones llenos de ropa interior.

—No sé qué voy a hacer con lo que está en la lavandería. Lo traerán aquí y no habrá nadie. Deberíamos pasar. ¿No te importa?

No había dicho «debería pasar», sino «deberíamos pasar», como si a partir de ahora ya no se fueran a separar ni un instante.

—Jessie tenía una ropa interior mucho más bonita que la mía. Mira esto.

Arrugaba la seda en la mano, se la ponía delante de los ojos y lo obligaba a tocarla.

—También tiene mejor tipo que yo. ¿Quieres que me ponga esta combinación? ¿No es demasiado rosa para tu gusto? También tengo un juego de ropa interior negro, ahora que lo pienso. Siempre había querido tener un juego de ropa interior negro y por fin me lo compré. Nunca me atrevía a llevarlo. Me parece que es como de fulana...

Se pasó el peine por el cabello. Su mano encontraba con toda naturalidad el peine, sin necesidad de buscarlo. Ese espejo estaba exactamente donde debía estar. Tenía una horquilla entre los dientes.

—¿Te importa abrocharme detrás?

Era la primera vez. Era inaudita la cantidad de cosas que hacían aquella mañana por primera vez, incluido, para él, besarla delicadamente en el cuello, sin avidez, respirar los pelillos de su nuca, y luego ir a sentarse como un buen chico al pie de la cama.

—¿Es bonita?

—Muy bonita.

—La compré en la Calle 52. Era muy cara, ¿sabes? Al menos para mí. —Lo envolvió en una mirada suplicante—: ¿Quieres que salgamos por una vez los dos? Me pondré este vestido y tú te vestirás bien elegante…

Sin transición, en el momento en que él menos se lo esperaba, o tal vez en el momento en que tampoco ella misma se lo esperaba, las lágrimas le hincharon los párpados cuando aún no había tenido tiempo de borrársele la sonrisa de la cara.

Volvió la cabeza y dijo:

—Nunca me has preguntado a qué me dedicaba.

Seguía vestida con el traje de noche y los pies desnudos dentro de los zapatitos dorados.

—Y yo no me atrevía a mencionarlo porque me humillaba. Fui una estúpida al dejar que pensaras un montón de cosas. Incluso había momentos en que lo hacía adrede.

—¿Qué es lo que hacías adrede?

—¡Ya lo sabes! Cuando conocí a Jessie, trabajaba en el mismo edificio que ella. Allí fue donde nos conocimos. Comíamos en el mismo *drugstore*, también te lo mostraré, en una esquina de Madison Avenue. Me contrataron para hacer traducciones, porque hablo varias lenguas.

»Pero hay algo que no sabes, algo muy ridículo. Te he hablado un poquito de mi vida con mi madre. Cuando empezó a ser conocida como virtuosa y comenzamos a viajar, como ella no quería separarse de mí, dejé prácticamente de ir a la escuela.

»Iba a clase aquí y allá, según las giras, pero la verdad es que no aprendía casi nada.

»Sobre todo, no te rías de mí. Si hay algo que nunca aprendí es ortografía, y Larski siempre me repetía, con una voz fría que aún hoy me humilla, que escribía como una criada.

»¿Comprendes ahora? ¿Me lo desabrochas?

Fue ella la que se acercó y le ofreció la espalda, blanca, lechosa, un poco flaca, en el escote negro del traje.

Mientras él la acariciaba, le rogó:

—No, ahora mismo no. ¡Me gustaría tanto hablarte un poco más!

Se quedó en bragas y sujetador, fue a buscar la pitillera y el mechero y se sentó en la cama de Jessie, con las piernas cruzadas y un cenicero al alcance de la mano.

—Me cambiaron a la sección de las circulares. Estaba al fondo de los despachos, en una habitación sin aire, donde no entraba la luz del día y donde éramos tres enviando circulares de la mañana a la noche. Las otras dos eran dos bestezuelas. No había forma de tener una conversación con ellas. Me odiaban. Llevábamos unas batas de algodón crudo, porque el pegamento ensucia mucho. Yo tenía mucho empeño en que mi bata estuviera siempre limpia. Pero te estoy aburriendo. ¿Es ridículo, verdad?

—Al contrario.

—Lo dices... ¡Da igual! Cada mañana, encontraba mi bata con nuevas manchas de pegamento. La ensuciaban incluso por dentro para que me manchase el vestido. Una vez, me peleé con una de las dos, una irlandesa baja y fornida con cara de calmuco. Era más fuerte que yo. Se las arregló para romperme un par de medias nuevas.

—Mi pobre Kay—dijo él con una ternura muy profunda y muy ligera al mismo tiempo.

—A lo mejor te crees que me las daba de señora del secretario de embajada. Te juro que no. Si Jessie estuviera aquí, te podría decir...

—Te creo, cariño.

—Confieso que no tuve valor para seguir allí. Por las dos chicas, ¿comprendes? Pensaba que encontraría fácilmente un *job*. Estuve tres semanas sin hacer nada y entonces Jessie me propuso dormir en su casa porque ya no podía pagarme la habitación. Ella vivía en el Bronx, como te he dicho. En una especie de cuartel enorme y triste, con escaleras de hierro en la fachada de ladrillo negro. Toda la casa olía a col, no sé por qué. Durante meses, vivimos con una especie de regusto a col en la garganta.

»Al final conseguí un empleo en un cine de Broadway. ¿Te acuerdas? Cuando ayer me hablabas de cine…—Se le humedecieron los ojos de nuevo—. Era acomodadora. Parece poca cosa, ¿verdad? Ya sé que no soy muy fuerte, porque estuve casi dos años en un sanatorio, pero a las otras les pasaba lo que a mí. Por la noche, todas teníamos la espalda destrozada. Otras veces, de tanto deslizarnos horas y horas entre el gentío, con esa música insoportable, esas voces desmesuradamente amplificadas que parecen salir de las paredes, era la cabeza la que nos daba vueltas.

»Más de veinte veces vi desmayarse a alguna. Valía más que no te sucediera dentro de la sala, porque te despedían inmediatamente.

»Causaba mal efecto, ¿comprendes?

»¿Te estoy aburriendo?

—No. Ven aquí.

Se acercó, pero seguían cada uno en una de las camas gemelas. Él le acariciaba suavemente el cuerpo, se sorprendía de encontrar una piel tan suave. Descubría, entre las bragas y el sujetador, unas líneas que no conocía, unas sombras que lo enternecían.

—Caí muy enferma. Una vez, hace cuatro meses, estuve siete semanas en el hospital y sólo Jessie iba a verme. Querían enviarme de nuevo al sanatorio. Me negué. Jessie me suplicó que estuviese algún tiempo sin trabajar. Cuando me encontraste, hacía más o menos una semana que buscaba otra vez un *job*…—Sonrió valiente—. ¡Lo encontraré!—Y, sin transición, añadió—: ¿No te apetece tomar algo? Debe de haber una botella de whisky en el armario. A menos que Ronald se la haya bebido, cosa que me extrañaría.

Volvió, en efecto, de la habitación contigua con una botella en la que quedaba un resto de whisky. Luego fue a la nevera. Él no la veía. La oyó exclamar:

—¡Esto es el colmo!

—¿Qué pasa?

—Te reirás. ¡Hasta desenchufó la nevera! Fue Ronald, ¿comprendes? Porque seguro que a Enrico ayer no se le ocurrió. Es típico de Ronald. Ya has oído lo que ha escrito Jessie. No se enfadó. No dijo nada. Fue él quien escogió las cosas de Jessie. Y fíjate en que no dejó nada tirado, como habría hecho cualquier otro en un momento así. Cuando hemos llegado, todo estaba en orden, mis vestidos en su sitio. Todo, salvo el batín y el pijama de Enrico. ¿No te parece gracioso?

No. Ni lo contrario tampoco. Era feliz. Con una felicidad totalmente nueva. Si la víspera, o incluso aquella misma mañana, le hubiesen dicho que se demoraría perezosa, voluptuosamente en aquella habitación, no se lo habría creído. Permanecía tumbado en un rayo caliginoso de sol, en aquella cama que había sido la de Kay, con las manos detrás de la nuca, y se impregnaba lentamente del ambiente, observaba los detalles, poco a poco, como un pintor que estuviese trabajando en un cuadro minucioso.

Hacía lo mismo con Kay, completando con calma, sin prisas, el personaje.

Dentro de un rato, cuando tuviera el valor de levantarse, iría a echar una ojeada a la cocina, y hasta a la nevera de la que acababan de hablarle, pues sentía curiosidad por las pequeñas cosas que pudiera haber.

Había retratos encima de los muebles, retratos que seguramente pertenecían a Jessie, entre otros el de una vieja dama muy digna que debía de ser su madre.

Le preguntaría a Kay sobre todo eso. Ella podía hablar sin temor a cansarlo.

—Bebe.

Y Kay bebió tras él, del mismo vaso.

—Ya ves, François, que no era nada del otro mundo y que no tenías motivos...

¿Motivos para qué? La frase era vaga. Y, sin embargo, él la entendía.

—Ahora que te he conocido...

En voz muy baja, tan baja que él tuvo que adivinar las palabras:

—Échate un poquito hacia atrás, ¿quieres?

Y, deslizándose, se pegó a él. Estaba casi desnuda y él vestido, pero a ella no le importaba y su abrazo no resultaba menos íntimo.

Con los labios casi dentro de su oído, murmuró:

—Aquí no pasó nunca nada. Te lo juro.

Él no sentía pasión, ni deseo físico. Habría tenido que remontarse en el tiempo, tal vez hasta su infancia, para encontrar una sensación tan dulce y tan pura como la que lo embargaba.

La acariciaba y no era carne lo que acariciaba, era toda ella, era una Kay a la que tenía la sensación de absorber poco a poco al mismo tiempo que se absorbía en ella.

Permanecieron largo rato así, inmóviles, sin decir nada, y todo el tiempo que sus seres se mezclaron mantuvieron los ojos entornados, viendo cada uno junto a las suyas las pupilas del otro, y leyendo en ellas un embeleso inolvidable.

También por primera vez, él no se preocupó de las posibles consecuencias de su acto, y sólo vio unas pupilas que se agrandaban, unos labios que se entreabrían, sintió un aliento ligero contra su boca y oyó una voz que decía:

—Gracias.

Sus cuerpos podían separarse. Esta vez no tenían que temer los rencores que engendra la pasión. Podían permanecer frente a frente sin pudor, sin reticencias.

Una lasitud maravillosa los hacía ir y venir como a cámara lenta envueltos en ese ambiente dorado que el sol parecía crear expresamente para ellos.

—¿Adónde vas François?

—A ver lo que hay en la nevera.

—¿Tienes hambre?

—No.

¿No hacía media hora, o más, que se había prometido echar una ojeada a la cocina? Estaba limpia, recién pintada. En la nevera quedaban un trozo de fiambre, unos pomelos, unos limones, unos tomates demasiado maduros y mantequilla envuelta en papel de parafina.

Se comió el fiambre, tal cual, con los dedos, como un niño echándose a la boca una manzana robada en un prado.

Seguía comiendo cuando se reunió con Kay en el cuarto de baño, y ella dijo:

—¡Ves como sí tenías hambre!

Pero él respondió obstinado, terco, sin dejar de sonreír ni de masticar:

—No.

Luego se echó a reír porque ella no lo entendía.

7

Pasaron dos días. Él había ido a la radio a grabar su programa, interpretando una vez más a un francés, bastante ridículo. Aquel día, Hourvitch no le había estrechado la mano. Estaba metido de lleno en su papel de director, de gran patrón, con las mangas de la camisa remangadas, los cabellos pelirrojos al viento, la secretaria corriendo detrás de él con un bloc de taquigrafía en la mano.

—¡No sé qué decirle! Al menos podría tener teléfono. Dele el número a la gente de mi departamento. Es inconcebible no tener teléfono en Nueva York.

No era nada. Él se había mantenido tranquilo, sereno. Había dejado a Kay por primera vez desde… ¿cuántos días, en realidad? ¿Siete? ¿Ocho? Las cifras eran ridículas, descabelladas, porque lo cierto es que hacía una eternidad.

Había insistido para llevarla con él, aunque tuviera que dejarla esperando en la recepción.

—No, cariño, *ahora* puedes irte.

Se acordaba perfectamente de ese «ahora», que los había hecho reír a los dos ¡y que para ellos significaba tantas cosas!

Sin embargo, ya la estaba traicionando, o al menos sentía que la estaba traicionando. Desde la Calle 66 habría debido tomar el autobús en la esquina con la Sexta Avenida, y en lugar de eso empezó a bajar por la avenida a pie cuando ya estaba anocheciendo. Le había prometido: «A las seis ya estaré en casa». «No tiene importancia, François. Vuelve cuando quieras», había respondido ella.

¿Por qué se había empeñado en repetir «A las seis como mucho», cuando no le pedían nada, al contrario?

¡Cuando a las seis, más o menos, entraba en el bar del Ritz! Sabía de antemano lo que iba a buscar y no se sentía orgulloso. Todas las tardes, a esa hora, Laugier estaba allí, casi siempre con un grupo de franceses, establecidos en Nueva York o de paso, o con compañeros internacionales.

Era un ambiente parecido al del Fouquet's y, cuando Combe llegó a Estados Unidos, cuando aún nadie sabía que pretendía quedarse y sobre todo ganarse la vida allí, los periodistas fueron al bar del Ritz a fotografiarlo.

¿Habría podido decir exactamente qué es lo que quería? Quizá lo movía una necesidad de traicionar, de dar rienda suelta a una serie de cosas malas que fermentaban en él, de vengarse de Kay.

Pero ¿vengarse de qué? De los días y las noches que habían pasado juntos en una soledad que él deseaba cada vez más absoluta y brutal, hasta ir a la compra con ella las últimas mañanas, hasta poner la mesa, hasta llenarle la bañera para el baño, hasta… Lo había hecho todo, había buscado voluntariamente todo lo que puede crear una intimidad absoluta entre dos personas, todo lo que puede aniquilar hasta el pudor más elemental que subsiste entre personas del mismo sexo y hasta en la promiscuidad del cuartel.

Lo había deseado feroz, rabiosamente. ¿Por qué, cuando ella lo estaba esperando, cuando era él quien le había exigido que lo esperase, entraba en el Ritz en vez de subirse a un taxi o al autobús?

—¡Hola! Salud, amigo.

Pero no era esa familiaridad fácil, que siempre había odiado, lo que venía buscando. ¿Estaba aquí para comprobar que la cuerda no estaba demasiado tensa y aún conservaba cierta libertad de movimiento, o para creerse que a pesar de todo seguía siendo François Combe?

Sentadas alrededor de las mesas había cuatro personas, o

tal vez fueran seis u ocho. Precisamente a causa de esa familiaridad a flor de piel, ya no se sabía quiénes eran los amigos de siempre y quiénes los que venían por primera vez, como tampoco se sabía quién pagaba las rondas, ni cómo los clientes al marchar recuperaban su sombrero de entre los que se mantenían en equilibrio apilados en el perchero.

—Te presento...

Una mujer, una estadounidense guapa, con un cigarrillo manchado de carmín y una pose de portada de revista.

Al presentarlo, oía repetir de vez en cuando:

—François Combe, uno de nuestros actores franceses más simpáticos. Seguro que lo conoce...

Y había un francés con cara de rata, un industrial o un falso financiero—no sabía por qué no le gustaba—devorándolo con los ojos.

—Tuve el placer de conocer a su esposa hace menos de seis semanas. En una fiesta en el Lido. Precisamente llevo en el bolsillo...

Un diario francés que acababa de llegar a Nueva York. Hacía meses que Combe no compraba periódicos franceses. La fotografía de su mujer figuraba en primera página: MARIE CLAIROIS, LA GRACIOSA Y CONMOVEDORA ESTRELLA DE...

Él no estaba nervioso. Laugier se equivocaba al lanzarle miradas apaciguadoras. No estaba nada nervioso. La prueba es que cuando por fin la gente se marchó, después de unas cuantas copas, cuando se encontró a solas con su amigo, fue de Kay, y sólo de ella, de quien habló.

—Quiero que me hagas un favor, que me encuentres un trabajo para una joven que conozco.

—¿Qué edad tiene la joven?

—No lo sé exactamente. Entre treinta y treinta y cinco.

—A esa edad, querido, en Nueva York ya no se es joven.

—¿Y eso qué significa?

—Que tuvo su oportunidad. Siento decírtelo tan crudamente, porque me parece adivinar… ¿Es guapa?

—Depende.

—Es lo que se dice siempre. Empezó como *showgirl* hace catorce o quince años, ¿verdad? Ganó mucho dinero, pero se le escurrió entre los dedos.

Él se enfurruñó y no dijo nada. Laugier tal vez se compadecía de él, pero no podía ver el mundo más que con los ojos de Laugier.

—¿Qué sabe hacer tu capullito de alhelí?

—Nada.

—No te enfades, hombre. Lo que digo de ella también vale para ti. Aquí no hay tiempo para jugar al escondite. Te pregunto en serio qué es lo que sabe hacer.

—Y yo te contesto en serio: nada.

—¿Puede trabajar de secretaria, de telefonista, de modelo, de lo que sea?

Combe se había equivocado. Era culpa suya. Ya estaba pagando el precio de su pequeña traición.

—Escucha, chico… ¡Barman! Lo mismo…

—Para mí no.

—¡Cállate! Tengo que hablarte en serio, a solas los dos, ¿comprendes? ¡No creas que no me he fijado antes, cuando has entrado con cara de entierro! Y la última vez que nos vimos, al salir del despacho de Hourvitch… Tu cantinela… No creerás que no me di cuenta, ¿verdad? Bueno, la jovencita tiene alrededor de treinta y tres tacos, lo cual, traducido, quiere decir treinta y cinco… Y tú quieres que te dé un buen consejo, del que naturalmente no harás ningún caso… Pues ahí va mi consejo, sin rodeos: ¡déjalo correr, hermano!

»Y, puesto que es como si no hubiera dicho nada, te pregunto: ¿en qué fase estáis?

Él respondió, estúpido, furioso consigo mismo, furioso por sentirse disminuido ante un Laugier, que sabía que no le llegaba a la suela del zapato:

—En ninguna.

—Entonces, ¿por qué te preocupas? ¿No hay un hermano, ni un marido, ni un amante que pueda chantajearte? ¿No hay rapto, no hay atestado, no hay denuncia, ni ninguno de esos inventos con los cuales en América logran fastidiar a un hombre? Espero que no se te haya ocurrido llevártela a un hotel de un Estado vecino, porque podría convertirse en un delito federal y costarte caro...

¿Qué cobardía le impedía levantarse e irse? ¿Los manhattans que acaba de tomar? Pues entonces, si su amor estaba a merced de cuatro o cinco cócteles...

—¿No quieres hablar en serio?

—¡Pero es que estoy hablando en serio! O, mejor dicho, en broma, pero cuando bromeo es cuando más serio hablo. Tu capullito de alhelí de treinta y tres años que no tiene oficio ni beneficio, ni cuenta bancaria, está jodida, ¿comprendes? Ni siquiera hace falta que te lleve al Waldorf para demostrártelo. Estamos en el bar de los hombres, pero pasa aquí al lado, cruza esa puerta, atraviesa el pasillo y encontrarás a cincuenta chicas, a cuál más bonita, entre dieciocho y veinticinco años, y algunas encima vírgenes, que están en el mismo caso que tu vejestorio. Y a pesar de todo, dentro de un rato, cuarenta y ocho de ellas se irán a acostar, Dios sabe dónde, con mil dólares de trapos y joyas sobre el cuerpo y habiéndose comido un bocadillo con kétchup en una cafetería. ¿Has venido aquí para trabajar, sí o no?

—No lo sé.

—Entonces, si no lo sabes, vuelve a Francia y firma enseguida el primer contrato que te ofrezcan en el Porte-Saint-Martin o en el Renaissance. Ya sé que harás lo que te dé la gana y que te enfadarás conmigo, que ya estás enfadado, pero no eres el primer compañero a quien he visto llegar y que se ha ido a pique.

»¿Estás decidido a mantenerte firme? Entonces, ¡bien!

»¿Prefieres interpretar *Romeo y Julieta*?

»En ese caso, *good night*, amigo. ¡Barman!

—No. Soy yo quien...

—El sermón que te he echado me da derecho a pagar las consumiciones. ¿Qué te ha contado esa chica? Una divorciada, claro. A esa edad, aquí están todas divorciadas al menos una vez.

¿Por qué tenía que estar divorciada Kay?

—Ha estado navegando por ahí y ahora quiere echar el ancla, ¿no es cierto?

—Te aseguro que te equivocas.

Desechaba cualquier respeto humano, pues no se sentía con fuerzas para seguir traicionando a Kay.

—¿Sabes nadar?

—Un poco.

—Un poco, ¿eh? Es decir, lo suficiente para salvarte si cayeras en unas aguas tranquilas y no demasiado frías. Pero ¿y si tuvieras que sacar al mismo tiempo a un energúmeno que lucha y se agarra a ti con todas sus fuerzas? ¡Vamos, contesta!

Le hizo una seña al barman para que llenara las copas.

—Pues ten por seguro que ella luchará, y os hundiréis los dos. Anteayer, cuando te fuiste, no quise comentártelo, porque tenías cara de buscar cualquier pretexto para pelearte con quien fuera. Hoy se te ve más razonable.

Combe se sintió arrepentido y se mordió el labio.

—Cuando he visto que ibas a echar religiosamente tu centavo a esa caja de música, ya me he dado cuenta... Y a esperar que el disco se pusiera en marcha con la mirada extasiada, como una modistilla suspirando por un galán de cine... ¡No, amigo, tú no, nosotros que vivimos de ese negocio y sabemos de qué va, no! O, entonces, déjame que te lo repita por última vez, como a un colega al que se le tiene cariño: estás jodido, François.

Acababan de devolverle el cambio. Lo recogió, apuró la copa, calculó la propina y se levantó.

—¿Hacia dónde vas?

—A casa.

—¿Y es en tu casa, en el quinto pino, sin ni siquiera teléfono, donde esperas que los productores vayan a buscarte?

Salieron el uno detrás del otro y permanecieron de pie en la acera de Madison Avenue, mientras el portero esperaba una señal para abrirles la portezuela de un taxi.

—Mira, chico, en nuestro país tienes una sola oportunidad. Aquí, puedes tener dos o tres, pero tampoco hay que abusar. Te puedo mostrar mujeres que empezaron como *showgirls* o mecanógrafas a los dieciséis años, que a los dieciocho iban en Rolls, que a los veintidós volvían a subirse al escenario y empezaban otra vez de cero. Conozco a algunas que dieron el pelotazo dos veces, tres veces, que volvieron al *business* después de haber tenido una mansión en Park Avenue y un yate en Florida, y que lograron volver a casarse. ¿Por lo menos tiene joyas?

No se dignó responder. ¿Qué habría podido contestar?

—Por mi experiencia, que no es mucha, te aconsejo que le busques un trabajo de acomodadora en un cine. ¡Con suerte! ¡Y con enchufe! ¿Estás muy enfadado conmigo? Lo siento, pero me alegro. Siempre te enfadas un momento con el médico que acaba de abrirte la tripa. Tú vales más que eso, amigo, y cuando te des cuenta, estarás curado. *Bye bye...*

Combe debía de haber bebido demasiado. No lo había

notado a causa del ritmo acelerado de las rondas, el estrépito del bar y la larga y ansiosa espera de quedarse a solas con Laugier.

Ahora recordaba la fotografía de su mujer en la primera página del periódico parisino, sus cabellos vaporosos, la cabeza demasiado grande para sus hombros.

Según los cineastas, era eso lo que la hacía parecer una jovencita, y también que nunca había tenido caderas.

¿Acaso Laugier tenía el don de la videncia o estaba al corriente?

«Acomodadora en un cine—había dicho—. ¡Y con suerte!».

Y con suerte, en efecto, puesto que la salud de Kay la descartaba para ese empleo.

«Aquí, se tienen dos o tres oportunidades…».

Entonces, de repente, mientras caminaba solo envuelto en la luz que caía oblicuamente en la acera desde los escaparates, tuvo como una revelación.

¡Para Kay él era la última oportunidad! Él había aparecido en el último minuto. Si se hubiese retrasado un cuarto de hora o no se hubiese fijado en ella cuando entró en la cafetería—si hubiera elegido otro taburete, por ejemplo—, tal vez uno de los marineros borrachos, cualquiera…

La amó, de pronto, como reacción contra su cobardía. Necesitaba ir enseguida a tranquilizarla, a decirle que todos los Laugier de la tierra, curtidos y arrogantes, no prevalecerían contra su ternura.

Estaba medio borracho, se dio cuenta al chocar con un transeúnte, al que saludó con un movimiento ridículo del sombrero a modo de disculpa.

Pero era sincero. Los demás, los Laugier, aquel hombre con cara de rata con quien había compartido los primeros cócteles y que se había marchado triunfalmente con la joven estadounidense, todas aquellas personas, todas aquellas del Ritz, todas las del Fouquet's, eran unas pelanas...

Esta palabra, que acababa de encontrar en el fondo de su memoria, le causaba un placer extremo, hasta el punto de repetirla en voz alta mientras caminaba.

—Son unos pelanas...

Se encarnizaba con ellos.

—No son más que unos pelanas. Ya les enseñaré yo...

¿Qué les enseñaría? No lo sabía. No tenía importancia. Les enseñaría...

Ya no necesitaría ni a los Laugier ni a los Hourvitch—que no le había estrechado la mano y que apenas había parecido reconocerlo—ni a nadie...

—¡Unos pelanas!

También su mujer, que no había necesitado dos o tres oportunidades, sino una sola, que ni siquiera se había conformado con lo que le había tocado, ¡pero que ahora lo utilizaba a él para promover la carrera de un gigoló!

Porque ésa era la verdad. Cuando él la hizo debutar en el teatro, ella no era nada, se limitaba a papeles de doncella, a abrir torpemente una puerta y balbucear temblando: «La señora condesa está servida...».

Había acabado convirtiéndose en Marie Clairois. ¡Hasta el nombre era suyo, él se lo había inventado! En realidad, se llamaba Thérèse Bourcicault y su padre vendía zapatos en la plaza del mercado de una pequeña ciudad del Jura. Recordaba la noche en que él le había explicado, en la Crémaillère de la avenue de Clichy, ante un mantel a cuadros y un bogavante a la americana:

—Marie es un nombre muy francés... No sólo francés, sino universal... Como es muy corriente y ahora ya nadie más que las criadas se atreve a usarlo, resulta original... Marie...

Ella le rogó que repitiera el nombre.

—Marie...

—Y ahora: Clairois... Contiene *clair*... Y contiene *clai-ron*, un poco atenuado... Contiene...

¡Por todos los santos! ¿A qué venía ahora pensar en eso? ¡Le traían sin cuidado la Clairois y su gigoló, que se estaban haciendo un nombre únicamente porque le habían puesto los cuernos a él, a Combe!

¡Y el otro, el idiota satisfecho y condescendiente que le hablaba del «capullito de alhelí», de sus treinta y dos o treinta y tres años, de las joyas que no poseía y de un buen y modesto empleo de acomodadora!

¡Y eso si tenía enchufe!

En otra ocasión, hacía quince días, antes de conocer a Kay, Laugier le había preguntado con la suficiencia de un señor que se cree Dios Padre:

—¿Cuánto tiempo puedes aguantar, chico?

—Depende de lo que entiendas por aguantar.

—Con trajes recién salidos del tinte y ropa interior impecable, y con suficiente dinero en el bolsillo para invitar a copas y tomar taxis...

—Cinco meses, tal vez seis. Cuando nació mi hijo, contraté un seguro cuyo capital le sería abonado al cumplir los dieciocho años, pero perdiendo algo podría pedir...

A Laugier su hijo le importaba un pito.

—¡Cinco o seis meses, de acuerdo! Vete a vivir donde quieras, a un cuchitril si es necesario, pero al menos ten un número de teléfono.

¿No era lo que Hourvitch le había repetido hoy? ¿Acaso iba a dejarse turbar por esa coincidencia? Habría podido, habría debido esperar un autobús A esa hora, no solía tardar mucho. Y unos minutos más o menos no cambiarían la preocupación de Kay.

De Kay...

¡Qué diferencia entre la resonancia de esta palabra ahora y la resonancia de la misma palabra dos o tres horas antes, por la mañana, a mediodía, cuando comían el uno frente al otro y se reían de la cara del sastrecillo judío a quien Kay se había empeñado en mandar, sin decir de parte de quién, un magnífico bogavante!

¡Eran tan felices! ¡La palabra *Kay*, pronunciada de cualquier forma, le daba tanta paz!

Le había dado la dirección al taxista. Le parecía que el cielo sobre las calles estaba negro, amenazador. Se hundió, malhumorado, en el asiento. Estaba enfadado con Laugier, con el cara de rata, con el mundo entero, no estaba seguro de no estar enfadado con Kay y, de pronto, en el momento en que el taxi se detuvo, cuando aún no había tenido tiempo de acomodar la expresión de la cara, de acostumbrarse a su proximidad, de ser de nuevo el hombre al que amaba, la vio alterada en la acera, jadeando.

—¡Por fin, François! Ven rápido... Michèle...

Luego, sin transición, de tan trastornada como estaba, empezó a hablar en alemán.

El ambiente de la habitación estaba cargado y, cada vez que subía de la calle, Combe tenía la impresión de que la calle estaba más oscura, aunque las farolas eran las mismas de siempre.

Bajó y subió tres veces. La tercera vez, eran casi las doce de la noche y su abrigo chorreaba, tenía la cara fría y empapada, porque de repente había empezado a llover a cántaros.

Otra vez el teléfono, ese dichoso teléfono del que tanto habían hablado aquel día y que seguía persiguiéndolo. La misma Kay había dicho en un tono destemplado, aunque hoy no era responsable de sus nervios:

—¿Cómo es posible que no tengas teléfono?

Enrico había acudido personalmente a última hora de la tarde a traer el telegrama. Otra coincidencia, pues había llegado casi en el mismo momento en que Combe entraba en el bar del Ritz con una sensación de culpabilidad. Si hubiese vuelto a casa enseguida, como había prometido...

Esta vez no estaba celoso del sudamericano. Y, sin embargo, Kay había llorado delante de él, tal vez en su hombro, y seguramente él la había consolado.

Otra coincidencia más. La víspera, mientras iban de compras por el barrio, Kay había dicho de repente:

—Tal vez convendría que diera mi nueva dirección en la oficina de correos. No es que reciba muchas cartas, pero...

Porque aún trataba de evitarle cualquier punzada de celos.

Y había añadido:

—También debí de habérsela dado a Enrico. Si llegasen cartas a la dirección de Jessie...

—¿Por qué no le llamas?

En aquel momento, no sospechaban que eso podría tener cierta importancia. Habían entrado en un *drugstore*, como ya habían hecho juntos otras veces. Él la había visto hablar, mover los labios, pero sin oír qué decía.

No sintió celos.

Y aquel día, Enrico había ido a recoger sus cosas a la habitación de Jessie. Había encontrado correo para ésta y para Kay. También había un telegrama para Kay, que había llegado hacía veinticuatro horas.

Como procedía de México, se tomó la molestia de llevárselo. Ella estaba sola en la habitación, preparando la cena. Llevaba una bata, la bata azul celeste que le daba un aspecto de recién casada.

MICHÈLE GRAVEMENTE ENFERMA MÉXICO. STOP. PUE-
DES SI PRECISO COBRAR DINERO VIAJE BANCO DEL CO-
MERCIO Y DE LA INDUSTRIA.

LARSKI

No le decía que fuera. Dejaba que lo decidiera ella. Pre-
viendo que tal vez no tuviera dinero para el viaje, él hacía
lo necesario, fríamente, correctamente.

—Ni siquiera sabía que Michèle estaba en América. Su
última carta, hace cuatro meses…

—¿La última carta de quién?

—De mi hija. No me escribe muy a menudo, ¿sabes? Sos-
pecho que se lo prohíben y que escribe a escondidas, aunque no me lo confiese. Su última carta procedía de Hungría y no me hablaba de ningún viaje. ¿Qué le puede haber
sucedido? Ella tenía los pulmones sanos. Ya de pequeña la
llevamos a que la visitaran los especialistas más prestigio-
sos. ¿Y si hubiese sido un accidente, François?

¿Por qué habría tenido que beber todos esos cócteles?
Hace un rato, cuando la consoló, se avergonzó de su aliento, porque estaba seguro de que ella notó que había bebido. Se sentía pesado. Se sentía triste.

Era como un peso que le había caído sobre los hombros ya antes de regresar y que no lograba quitarse de encima.

—Come, François. Ya irás a llamar después.

No. No tenía hambre. Bajó y entró en la tienda del italiano a telefonear.

—No lo conseguirás. No hay vuelos a México por la noche. Enrico ya lo ha intentado.

De haber regresado a tiempo, el sudamericano no habría
tenido que ocuparse de lo que no le incumbía.

—Hay dos vuelos mañana por la mañana, con una hora

de intervalo, pero no quedan plazas. Parece ser que la gente reserva con tres semanas de antelación.

Telefoneó, a pesar de todo, como si para él tuviese que producirse el milagro.

Volvió a casa con las manos vacías.

—El primer tren sale a las siete treinta y dos de la mañana

—Lo tomaré.

—Voy a intentar reservarte una plaza en el Pullman.

Y bajó de nuevo a telefonear. Todo estaba gris. El ambiente estaba cargado. Sus idas y venidas tenían un carácter grave y como fantasmal.

Lo mandaron de una oficina a otra. No se manejaba con las compañías de ferrocarril estadounidenses.

Ahora la lluvia, una lluvia recia, que crepitaba sobre las aceras, formaba regueros de agua límpida en el ala de su sombrero, de manera que al bajar la cabeza regaba el suelo.

Era ridículo, pero estos pequeños detalles lo afectaban.

—Es demasiado tarde para reservar plazas. El empleado aconseja estar en la estación media hora antes de que salga el tren. Siempre hay alguien que ha comprado un billete con antelación y que en el último momento no puede viajar.

—Cuántas molestias te tomas, François.

La miró atentamente, sin saber por qué, y por su mente pasó la idea de que quizá no era el pensamiento de su hija lo que le daba a Kay ese aire tan triste. ¿No estaría pensando más bien en ellos dos, en ellos, que dentro de unas horas tendrían que separarse?

En aquel telegrama, en aquel feo pedazo de papel amarillento, había como una fatalidad malvada. Era la continuación del discurso de Laugier, de los pensamientos a los que Combe había estado dando vueltas aquella tarde.

Parecía que realmente no había otra salida, que el Destino se encargaba de poner de nuevo las cosas en su sitio.

Lo más turbador era que él casi aceptaba su veredicto y se resignaba.

Eso era incluso lo que más lo entristecía, esa abulia que sentía de pronto, esa falta absoluta de reacción.

Ella estaba haciendo la maleta. Dijo:

—No sé cómo solucionar lo del dinero. Cuando vino Enrico, los bancos ya habían cerrado. Puedo esperar a otro tren. Debe de haber uno durante el día.

—No hasta la noche.

—Enrico quería… ¡No te enfades! ¡En este momento, todo tiene tan poca importancia! Me ha dicho que si me hacía falta, no tenía más que telefonear a su casa, aunque fuera durante la noche. Yo no sabía si tú…

—¿Tendrías bastante con cuatrocientos dólares?

—Pues claro, François, pero…

Nunca habían hablado de dinero.

—Te aseguro que no me causa ningún problema.

—Quizá podría dejarte un papel, no sé, para que mañana pases por el banco y cobres el dinero en mi nombre…

—Ya habrá tiempo cuando vuelvas.

No se miraban. No se atrevían. Pronunciaban las palabras, pero eran incapaces de creer totalmente en ellas.

—Debes dormir un poco, Kay.

—No me veo con ánimos.

Una de esas frases tontas que se dicen en momentos así.

—Acuéstate.

—¿Tú crees que vale la pena? Son casi las dos de la mañana. Hay que salir dentro de seis horas, porque seguro que no encontramos un taxi.

Estuvo a punto de decir, por lo menos eso pensó él: «Si hubiera habido teléfono…».

—O sea que tengo que levantarme a las cinco, ¿comprendes? ¿Te importa si bebo algo?

Se tumbó vestida. Él todavía se paseó un poco por la habitación y acabó tumbándose a su lado. Sin hablar, sin cerrar los ojos, los dos miraban fijamente el techo.

Él no había estado nunca tan triste, tan sombríamente desesperado, y era una desesperación muda, sin objeto concreto, un decaimiento contra el que no había nada que hacer.

—¿Volverás?—murmuró.

En vez de contestar, ella buscó su mano sobre la sábana y la apretó un buen rato.

—¡Me gustaría tanto morir en su lugar!

—Nadie se va a morir. No digas eso.

Se preguntó si Kay estaría llorando. Le pasó la mano por los ojos y estaban secos.

—Te quedarás solo, François. La verdad es que me duele sobre todo por ti. Mañana, cuando vuelvas de la estación...—Un pensamiento repentino cruzó su mente; se incorporó y miró a su compañero con las pupilas dilatadas—: Porque me acompañarás a la estación, ¿verdad? ¡Es preciso que me acompañes! Perdón por pedírtelo, pero creo que sola no podría. Debo irme, debes obligarme. Aunque...

Escondió la cabeza en la almohada y ya no se movieron ni el uno ni el otro, cada uno absorto en sus pensamientos, cada uno enfrascado ya en el aprendizaje de su nueva soledad.

Ella durmió un poco. Él se quedó unos instantes amodorrado, pero fue el primero en levantarse para calentar el café.

El cielo todavía era más oscuro a las cinco de la mañana que a medianoche. Las farolas parecía que apenas alumbraban, y se seguía oyendo crepitar la lluvia, que no dejaría de caer en todo el día.

—Es hora de levantarte, Kay.

—Sí...

No la besó. No se habían besado en toda la noche, tal vez a causa de Michèle, tal vez porque tenían miedo de emocionarse.

—Abrígate.

—Sólo tengo las pieles.

—Ponte por lo menos un vestido de lana.

Y decían trivialidades como:

—En los trenes en general hace mucho calor, ¿sabes?

Ella se tomó el café, pero fue incapaz de comer nada. Él la ayudó a cerrar la maleta excesivamente llena y Kay miró a su alrededor.

—¿Te importa que deje lo demás aquí?

—Es hora de irnos. Vamos.

Sólo había dos ventanas iluminadas en toda la calle: ¿personas que tomaban también el tren o enfermos?

—Quédate un momento en la puerta, voy hasta la esquina a ver si encuentro un taxi.

—Perderemos tiempo.

—Si no lo encuentro enseguida, cogeremos el *subway*. Quédate aquí, por favor.

Era absurdo. ¿Adónde iba a ir? Y, con el cuello del abrigo levantado, pegado a las casas, inclinando el torso, corrió hasta la esquina. Apenas había llegado cuando una voz gritó:

—¡François! ¡François!

Kay estaba gesticulando en medio de la acera. Un taxi acababa de detenerse dos casas más allá de la suya, se apeaba una pareja que había pasado la noche fuera.

El relevo, en suma. Unos volvían y otros se iban. Kay mantenía abierta la portezuela y parlamentaba con el taxista mientras Combe recogía la maleta que habían dejado en el umbral.

—A la Estación Central.

El asiento estaba pringoso de humedad, todo estaba mojado a su alrededor y el aire era frío, hiriente. Ella se apretó contra él. Continuaron callados. No había nadie en las calles. No se cruzaron con un solo coche antes de alcanzar la estación.

—No bajes, François. Vuelve a casa.

Insistió en esta última palabra, intencionadamente, para darle ánimos.

—Todavía falta una hora.

—No importa. Iré al bar a tomar algo caliente. Intentaré comer algo.

¡Ella trataba de sonreír! El taxi estaba parado y no se decidían a bajar, a traspasar la cortina de lluvia que los separaba de la sala de espera.

—Quédate, François…

No era cobardía por su parte. De veras no se sentía con fuerzas para bajar, seguirla por el laberinto de la estación, acechar los saltos de la aguja del reloj monumental, vivir su separación minuto a minuto, segundo a segundo, seguir a la multitud en el momento en que abrieran las verjas, y ver el tren.

Ella se inclinó sobre él y había lluvia en su abrigo de pieles, pero sus labios ardían. Permanecieron un momento pegados el uno al otro, con la espalda del taxista delante de ellos, y entonces él vio luz en sus pupilas y la oyó balbucear como en un sueño o en un delirio:

—Ahora ya no lo siento como una partida, sino como una llegada…

Se separó de él. Había abierto la portezuela y le había hecho señas a un negro para que cogiera la maleta. Él recordaría siempre esos tres pasos rápidos, ese intervalo de vacilación, esa lluvia cayendo a mares, ese crepitar sobre la acera.

Kay se volvió, sonriente, con la cara teñida de palidez. Sostenía el bolso con una mano. Bastaba que diera un paso para que la enorme puerta de cristal se la tragara.

Entonces, agitó la otra mano, sin levantarla mucho, sin separarla del cuerpo, sólo un poco, más bien moviendo los dedos.

Aún podía verla, medio borrosa a través del cristal. Luego caminó a pasos más rápidos y decididos siguiendo al negro, y el chofer se volvió por fin para preguntar adónde debía llevarlo.

Tuvo que dar su dirección. Incluso, maquinalmente, empezó a llenar la pipa, porque tenía la boca pastosa.

Ella había dicho: «... como una llegada...».

Él lo había interpretado confusamente como una promesa.

Pero aún no lo había comprendido.

8

Mi querida Kay:

Enrico te habrá puesto al corriente de lo que me ha pasado. Como sabes, Ronald se ha comportado estupendamente, como un caballero; ha sido en todo momento el Ronald que tú conoces y ni siquiera ha tenido uno de esos ataques de rabia que son su especialidad y que no sé yo lo que habría provocado a la vista del estado en que me encontraba...

Combe no se había ido a pique, como había temido. Se iba hundiendo lentamente cada día, cada hora que pasaba.

Durante los primeros días, al menos, había tenido que ir de acá para allá con un motivo aparentemente racional. Durante la interminable noche—que ahora se le antojaba tan corta—había suplicado:

—¿Me telefonearás?

—¿Aquí?

Juró que haría instalar el teléfono inmediatamente. A la mañana siguiente, había corrido a hacer la gestión, con miedo a llegar tarde y perder una llamada.

—¿Me telefonearás?

—Pues claro, cariño. Si puedo.

—Siempre podrás, si quieres.

—Te telefonearé.

La gestión ya estaba hecha. En realidad, era muy sencilla, tan sencilla que él casi se sintió ofendido al obtener tan fácilmente algo que se le había hecho un mundo.

La ciudad estaba gris y sucia. Llovía. Ahora caía aguanieve y la calle estaba tan oscura que apenas podía distinguir al sastrecillo judío en el alvéolo de su habitación.

Le habían instalado el teléfono al segundo día y no se atrevía a salir de casa, aunque Kay casi no había tenido tiempo de llegar a México.

—Llamaré a información de Nueva York—le había explicado—. Y me darán tu número.

Y él ya había llamado cinco o seis veces a información para cerciorarse de que sabían que se había dado de alta hacía poco.

Era curioso. Kay se había diluido en la lluvia. La veía realmente como a través de un cristal sobre el que la lluvia se escurre, un poco borrosa, deformada, pero eso lo hacía aferrarse más aún a su imagen, que trataba desesperadamente de recordar.

Habían llegado cartas para ella, reenviadas desde la casa de Jessie. Ella le había dicho: «Ábrelas. No tengo ningún secreto, ¿sabes?».

Sin embargo, no lo había hecho. Había dejado que se amontonasen cuatro o cinco. Sólo se había decidido a abrirlas cuando había llegado una con la marca del pabellón azul y anaranjado de la Grace Line, una carta de Jessie, enviada por avión desde las Bahamas.

«... el estado en que me encontraba si...». Ahora se las sabía de memoria. «... si no hubiese querido evitar el drama a toda costa...». ¡Quedaba tan lejos! Eran cosas que de pronto veía como si mirase por un catalejo al revés, y se le aparecían como escenas de un mundo incoherente.

«Ya sé que Ric, de haberlo presionado, no habría dudado en dejar a su mujer...». Se repetía: «¡De haberlo presionado!».

... pero preferí marcharme. Será doloroso. Será sin duda largo. Es un momento duro que hay que pasar. ¡Qué felices hemos sido las dos, mi querida Kay, en nuestro pequeño apartamento!

Me pregunto si eso se repetirá algún día. No me atrevo a esperarlo. Ronald me desorienta y me paraliza, y sin embargo no tengo nada que reprocharle. Él, que a veces montaba en cólera tan brutalmente, exhibe una tranquilidad que me asusta. No se separa de mí. Se diría que quiere leer mis pensamientos.

Y se muestra muy dulce, muy solícito conmigo. Más que antes. Más que durante nuestra luna de miel. ¿Te acuerdas de la historia de la piña que te conté y que te hizo reír tanto? Pues bien, eso ahora no pasaría.

Todos los pasajeros nos toman por recién casados, y a veces resulta muy divertido. Ayer, cambiamos la ropa de lana por ropa de algodón, porque llegábamos a la zona del trópico. Ahora hace mucho calor. Era gracioso, por la mañana, ver a todo el mundo de blanco, incluidos los oficiales, entre ellos un jovencito con un solo galón que no paraba de lanzarme miradas lánguidas.

Sobre todo, no se lo digas a mi pobre Ric, se pondría enfermo.

Ignoro, querida Kay, cómo están las cosas ahí. Para ti ha debido de ser espantoso. Me pongo en tu lugar. Imagino tu desesperación y me pregunto qué habrás hecho...

Era una sensación extraña. Había momentos en que se sentía como liberado, con la mente despejada, sin una nube, momentos en que veía el mundo sin sombras, con una claridad y una crudeza de tonos que al cabo de un rato le resultaba físicamente doloroso.

«Mi querida Kay». Esta carta llevaba un sello de Francia y venía de Toulon. ¿Acaso Kay no le había permitido abrirlas todas? «Hace casi cinco meses que no tengo noticias tuyas. No me extraña tratándose de ti...». Se tomaba un tiempo porque para él cada palabra tenía todo su valor.

Hemos vuelto efectivamente a Francia, donde me esperaba una sorpresa que, al principio, me ha resultado bastante desagradable. Mi submarino y algunos otros han sido trasladados de la escuadra del Atlántico a la escuadra del Mediterráneo. O sea que mi puerto base ahora es Toulon en lugar de nuestro Brest de siempre.

Para mí no habría sido muy grave, pero para mi mujer, que acababa de alquilar una casa y había hecho obras, supuso tal desilusión que ha caído enferma...

Éste se había acostado con Kay, Combe lo sabía. Sabía dónde y en qué circunstancias. Lo sabía todo, hasta los más mínimos detalles, que por así decir había mendigado. Y eso le hacía daño, y al mismo tiempo le hacía bien.

«Hemos terminado por instalarnos en La Seyne. Es un suburbio no muy agradable, pero tengo el tranvía en la puerta y enfrente de casa hay un parque para los niños...». Porque él también tenía niños. «Barrilete sigue tan bien como siempre; no para de engordar y me pide que te dé recuerdos». ¡Barrilete!

Fernand ya no está con nosotros, porque lo han destinado al Ministerio, en París. Es lo que necesitaba, él es un hombre de mundo. Estará como pez en el agua en los salones de la rue Royale, sobre todo las noches de recepción.

En cuanto a tu amigo Riri, lo menos que se puede decir es que ya no nos hablamos, salvo para las necesidades del servicio, desde que hemos abandonado las costas de la maravillosa América.

No sé si está celoso de mí o si yo estoy celoso de él. Seguro que él tampoco lo sabe.

Eso eres tú, mi pequeña Kay, quien debe dirimirlo...

Clavaba las uñas en la tela de las sábanas. ¡Y, sin embargo, estaba tranquilo! Todavía estaba tranquilo. Eran los primeros días. Tan tranquilo que a veces tomaba el vacío que lo rodeaba por el vacío definitivo, y entonces pensaba fríamente: «Se acabó».

Era libre otra vez, libre para ir a las seis de la tarde a tomar todos los cócteles que quisiera con Laugier y charlar con él.

Libre para decirle, si el otro le hablaba del «capullito de alhelí»: «¿Qué *capullito de alhelí*?».

Y a veces, sí, la verdad, sentía cierto alivio. Laugier llevaba razón. Aquello tenía que acabar mal. O, por lo menos, no podía salir bien.

Por momentos, le entraban ganas de ver a Laugier. Llegó a ir hasta la entrada del Ritz, pero se quedó fuera, porque todas las veces le remordió la conciencia.

Llegaron otras cartas para Kay, sobre todo facturas, entre otras una factura de la tintorería y otra de una modista que le había arreglado un sombrero. Por lo que entendió, se trataba del sombrero que llevaba la noche en que se conocieron, que ahora recordaba, inclinado sobre la frente, y que a sus ojos adquiría de pronto el valor de un recuerdo.

¡Sesenta y ocho *cents*!

No por el sombrero. Por la transformación. Por una cinta que había habido que añadir o que quitar, por una cosita tonta y femenina.

Sesenta y ocho *cents*...

Se acordaba de la cifra. También se acordaba de que la modista vivía en la Calle 260. Entonces, imaginó a su pesar el camino que había que recorrer, como si Kay tuviera que ir a pie, como si lo hubiese recorrido de noche, como cuando los dos caminaban por las calles.

¡Vaya si habían caminado!

El teléfono estaba instalado y no había recibido ni una sola llamada, y no podía recibirlas, pues nadie sabía que tenía teléfono.

Salvo Kay. Kay, que le había prometido: «Te telefonearé en cuanto pueda».

Y Kay no lo llamaba. Y él no se atrevía a salir de casa. Y se quedaba hipnotizado, durante horas, con la vida del sastrecillo judío. Ahora sabía en qué momento comía, a qué hora adoptaba o abandonaba su pose hierática encima de la mesa de trabajo. Frente a otra soledad, experimentaba la suya propia.

Y casi se avergonzaba del bogavante que le habían enviado cuando eran dos. Porque se ponía en el lugar del otro.

«Mi pequeña Kay...».

Todo el mundo la llamaba Kay. Eso lo ponía furioso. ¿Por qué le había recomendado que abriese todas las cartas que llegaran a su nombre?

Ésta, rápida, correcta, estaba en inglés:

He recibido su carta del 14 de agosto. Me ha alegrado saber que está en el campo. Espero que el aire de Connecticut le siente bien. Por mi parte, mis negocios me han impedido abandonar Nueva York tanto tiempo como hubiera deseado.

Sin embargo...

¿Sin embargo qué? Otro que se ha acostado con ella. ¿Se habían acostado todos con ella? ¿Lograría librarse alguna vez de esa pesadilla?

«... mi mujer estaría encantada de que usted...». ¡Cabrón, más que cabrón! Pero no. Mirándolo bien, la culpa era suya. Ya ni siquiera se sentía culpable. Eso había terminado. Borrón y cuenta nueva.

«Punto final».

Un punto final, un punto final definitivo que le impidiera seguir sufriendo hasta el final de sus días.

Eso era, en definitiva, lo que pensaba. Que sufriría hasta el final de sus días por ella.

Y estaba resignado a ello.

Tontamente.

¿Qué habría dicho un imbécil como Laugier ante semejante confidencia?

Pues era muy sencillo, tan sencillo... que no encontraba palabras.

Simplemente era así. Kay no estaba y él la necesitaba. En su día había vivido como un gran drama que su mujer, a los cuarenta años, quisiera vivir un nuevo amor y volver a sentirse joven. ¡Qué pueril había sido! ¡Qué poca importancia tenía eso!

No tenía ninguna. Ahora lo importante, lo único importante en el mundo era Kay, Kay y su pasado, Kay y... y una llamada telefónica, simplemente. Recibir una llamada telefónica. Esperaba todo el día, toda la noche. Ponía el despertador a la una de la madrugada, luego a las dos, luego a tres, para cerciorarse de no estar demasiado dormido y oír el timbre.

Y en ese mismo instante pensaba: «Está muy bien. Todo está muy bien. Se acabó. No podía terminar de otro modo».

Porque tenía en los labios como un sabor a catástrofe.

¡No podía terminar de otra manera! Volvería a ser François Combe. En el Ritz lo recibirían como a un enfermo que ha sufrido una operación grave.

—Entonces, ¿se acabó?

—Se acabó.

—¿No lo has pasado demasiado mal? ¿No estás demasiado dolorido?

Y no había nadie allí para verle morder la almohada, por la noche, suplicando humildemente: «Kay... Mi pequeña Kay... ¡Llámame, por lo que más quieras!».

Las calles estaban vacías. Nueva York estaba vacío. Incluso su pequeño bar estaba vacío, y un día que quiso poner su disco, no fue capaz de escucharlo porque un borracho al que habían intentado poner de patitas en la calle, un marinero nórdico, noruego o danés, se le había abrazado al cuello y le hacía unas confidencias incomprensibles.

¿No era mejor así? Ella se había ido para siempre. Lo sabía bien, los dos sabían muy bien que era para siempre.

«No es una partida, François… Es una llegada…».

¿Qué había querido decir? ¿Por qué una llegada? ¿Una llegada adónde?

«Señorita, me permito recordarle su factura del…».

Tres dólares y unos centavos por una blusa, una blusa que ahora recordaba haber descolgado del armario de Jessie y haber metido en el baúl.

Kay era todo eso. Y Kay era una amenaza para su tranquilidad, para su futuro, y Kay era Kay, de la que ya no podía prescindir.

Renegaba de ella diez veces al día y diez veces le pedía perdón, para volver a renegar de ella al cabo de unos minutos. Y, como si advirtiese el peligro, evitaba todo contacto con los hombres. No había ido ni una sola vez a la radio. Ni había vuelto a ver a Hourvitch ni a Laugier. Hasta sentía rencor hacia ellos.

El séptimo día, por fin, o mejor dicho la séptima noche, mientras dormía profundamente, sonó el timbre del teléfono en la habitación.

El reloj estaba al lado del aparato. Todo estaba previsto. Eran las dos de la madrugada.

—¡Aló!

Oyó a las operadoras intercambiar sus prefijos y sus mensajes convencionales. Una voz insistente repetía estúpidamente:

—Aló… míster Combe… ¿Aló, míster Combe? C… O… M… B… E… ¿Aló… míster Combe?

Y, detrás de esa voz, ya estaba la voz de Kay, a quien aún no le concedían permiso para escuchar.

—Sí, sí… Combe… Sí…

—¿Míster François Combe?

—Sí… Sí, soy yo…

Y allí estaba ella, al otro lado de la noche. Le preguntó en voz baja:

—¿Eres tú?

Él le había dicho una vez, al principio de todo—cosa que a ella le hizo mucha gracia—, que ella tenía dos voces, una voz corriente, banal, la de cualquier mujer, y luego una voz grave, un poco ronca, que a él le gustó desde el primer día.

Todavía no la había oído nunca por teléfono, y era su voz grave la que descubría, más grave aún que al natural, más cálida, con un deje arrastrado, tiernamente persuasivo.

Sentía ganas de gritarle: «¿Sabes, Kay?… Se acabó… Ya no lucharé más…».

Ahora lo comprendía. Nunca más renegaría de ella. Estaba impaciente por anunciarle esa gran noticia que ni él mismo conocía unos minutos atrás.

—No he podido llamarte antes—dijo ella—. Ya te lo contaré más adelante. No hay malas noticias, al contrario, todo ha salido bien, pero me resultaba difícil telefonearte. Ahora también. A pesar de eso, intentaré hacerlo todas las noches…

—¿No puedo llamarte yo? ¿No estás en el hotel?

¿Por qué hubo un silencio? ¿Adivinaba ella su decepción?

—No, François. He tenido que instalarme en la embajada. No temas. No ha cambiado nada, puedes estar tranquilo. Cuando llegué, acababan de operar a Michèle, de urgencia. Por lo visto era muy grave. Tuvo una pleuresía y de repente derivó en una peritonitis. ¿Me oyes?

—Sí. ¿Quién está contigo?

—Una doncella. Una mexicana muy simpática que duerme en el mismo piso que yo y que, al oír ruido, ha venido a ver si necesitaba algo.

Le oyó decir unas palabras en español a la criada.

—¿Sigues ahí? Termino de contarte lo de mi hija. Llamaron a los mejores cirujanos y la operación salió bien, pero, durante unos días, hubo que estar pendiente por si quedaban secuelas. Eso es todo, cielo…

Nunca lo había llamado «cielo», y esta palabra le causó un efecto deprimente.

—Pienso en ti, ¿sabes?, solito en tu habitación. ¿Te sientes muy triste?

—No lo sé. Sí… no…

—Tienes una voz rara.

—¿Tú crees? Eso es porque nunca me habías oído por teléfono. ¿Cuándo vuelves?

—Aún no lo sé. Me quedaré el menor tiempo posible, te lo prometo. Tal vez tres o cuatro días…

—Es mucho.

—¿Cómo dices?

—Digo que es mucho.

Ella se rio. Él estaba seguro de que se había reído al otro lado del teléfono.

—Estoy descalza, en bata, porque el teléfono está al lado de la chimenea. Casi hace frío. ¿Y tú? ¿Estás en la cama?

No sabía qué contestar. Ya no sabía qué decir. Se había estado preparando para esa alegría, se había alegrado demasiado de antemano y ahora no la reconocía.

—¿Has sido bueno, François?

Dijo que sí.

Y entonces oyó, al otro lado del hilo, que ella tarareaba muy bajito la canción que habían ido a escuchar tantas veces, su canción.

Sintió que algo le subía por el pecho, como una oleada

caliente que lo inundaba por dentro, que le impedía moverse, respirar, abrir la boca.

Ella terminó el estribillo y, tras un silencio—él se preguntó si estaba llorando, si también ella era incapaz de hablar—, murmuró:

—Buenas noches, François querido. Duérmete. Te telefonearé mañana por la noche.

Oyó un ruidito que debía de ser el beso que ella le enviaba a través del espacio. Seguramente balbuceó algo. Las operadoras tomaban de nuevo posesión de la línea y él no comprendía que le pedían que colgase, que al final casi se lo decían a gritos.

—Buenas noches...

Simplemente, y la cama estaba vacía.

—Buenas noches, François *querido*...

Y él no le había dicho lo que tenía que decirle, no le había gritado el mensaje tan importante, la noticia importantísima que tenía que darle.

Sólo ahora le venían a los labios las palabras, las frases: «¿Sabes Kay...?». «Sí, cielo...». «Tus palabras en la estación..., la última frase que me dijiste...». «Sí, cielo...». «Que no era una partida, sino una llegada...».

Ella sonreía, seguro que sonreía. Y él veía tan bien esa sonrisa que estaba como alucinado, y hablaba en voz alta, él solo, en la habitación vacía: «Por fin lo he comprendido... He tardado, ¿verdad? Pero no me lo tomes en cuenta...». «Claro que no, cielo...». «Porque los hombres somos menos sutiles que vosotras..., y también más orgullosos...». «Sí, cielo, no importa...». Con una voz tan grave, tan dulce...

«Tú llegaste antes que yo, pero ahora yo también he llegado... Nos hemos reunido los dos, ¿no crees? ¿No te parece maravilloso?». «Es maravillosos, cielo...». «No llores...

No hay que llorar… Yo tampoco lloro… Pero aún no estoy acostumbrado, ¿comprendes?». «Lo comprendo». «Ahora se acabó… Ha sido largo, el camino ha sido difícil…, pero he llegado… Y ahora lo sé… Te amo, Kay… ¿Oyes lo que te digo?… Te amo… Te amo… Te amo…».

Y hundió la cara empapada en la almohada, con el cuerpo sacudido por sollozos roncos, mientras Kay seguía sonriéndole, mientras oía su voz grave susurrándole al oído: «Sí, cielo…».

9

Había una carta para él en el correo de la mañana y, aunque no hubiera llevado el sello de México, estaba seguro de que habría reconocido que era de Kay. Jamás había visto su letra. ¡Pero era igualita que ella! Hasta el punto de sentirse enternecido, porque estaba seguro de que él era la única persona que conocía a esa Kay, a la vez infantil, temerosa y terriblemente imprudente.

Sin duda era ridículo, pero en las curvas de ciertas letras creía reconocer las curvas de su cuerpo; había trazos muy finos, como ciertas arrugas imperceptibles que la marcaban. Y audacias repentinas, imprevistas. Y mucha languidez; un grafólogo tal vez habría descubierto su enfermedad, porque él tenía la convicción, casi la certidumbre, de que Kay aún estaba enferma, de que nunca se había curado del todo, de que siempre seguiría estando en cierto modo herida.

Y esos garabatos casi cándidos cuando tropezaba con una palabra difícil, con una sílaba de cuya ortografía no estaba segura.

No le había mencionado esa carta durante la conversación telefónica de la noche, probablemente porque no le había dado tiempo, tenía demasiadas cosas que decirle y se le había olvidado.

La grisura se había trocado en placidez, y la lluvia que seguía cayendo era como un acompañamiento en sordina de sus pensamientos.

Querido mío:

¡Qué solo y desdichado debes de sentirte! Ya hace tres días

que estoy aquí y aún no he encontrado el momento de escribirte ni el medio de telefonearte. Pero no he dejado de pensar en mi pobre François, que se está reconcomiendo en Nueva York.

Porque estoy segura de que te sientes perdido, abandonado, y todavía me pregunto qué habré hecho y qué has encontrado en mí para que mi presencia te sea tan necesaria.

¡Si supieras la cara que ponías, en el taxi, en la estación Central! Tuve que sobreponerme para no dar media vuelta y quedarme contigo. ¿Puedo confesarte que eso me hizo feliz?

Quizá no debería contártelo, pero desde que salí de Nueva York no he dejado de pensar en ti, incluso en la habitación de mi hija.

Te llamaré esta noche o mañana por la noche, dependerá de la salud de Michèle, porque hasta ahora he pasado todas las noches en la clínica, donde me han instalado una camita en una habitación contigua a la suya. Te confieso que no me he atrevido a pedir una conferencia con Nueva York. Tendría que hablarte desde mi habitación—y la puerta de mi hija está siempre abierta—o bien tendría que ir a llamar desde la oficina, donde siempre está de guardia una especie de dragón con gafas a la que no le soy simpática.

Si todo va bien, ésta es mi última noche en la clínica.

Pero debo explicarte la situación, para que no te imagines lo que no es, porque—te conozco—debes de estar torturándote.

Y primero debo confesarte que casi te he engañado. Tranquilízate, pobre amor mío. Ya verás en qué sentido empleo la palabra. Cuando nos despedimos, en la estación, y cuando ya hube comprado el billete, me sentí de pronto tan perdida que corrí al restaurante. ¡Tenía tantas ganas de llorar, amor mío! Seguía viéndote a través de la ventanilla del taxi, la cara desencajada, la mirada trágica...

En el mostrador, a mi lado, había un hombre. No sería capaz de reconocerlo, ni de decir si era joven o viejo. El caso es que le dije:

—Hábleme, por favor. Todavía tengo que esperar veinte minutos. Dígame cualquier cosa, para que no me eche a llorar delante de todo el mundo...

Debí de parecer una idiota, una vez más. Realmente me comporté como una idiota, me di cuenta después. Necesitaba hablar, necesitaba decir lo que me tenía desesperada, y ya no recuerdo lo que le estuve contando a ese desconocido durante un cuarto de hora.

Hablé de ti, de nosotros. Le dije que yo me iba y tú te quedabas, ¿comprendes?

Luego pensé que aún me daba tiempo a telefonearte. Sólo cuando estuve en la cabina recordé que aún no tenías teléfono.

Al final me encontré sentada en el tren, no sé cómo, y dormí todo el día, François, ni siquiera tuve ánimos para levantarme e ir al vagón restaurante, sólo comí una naranja.

¿Te aburre que te cuente todo esto? Mi hija está durmiendo. La enfermera acaba de salir, porque es la misma para dos pacientes y la otra necesita que le apliquen hielo sobre la barriga cada hora.

Estoy en mi camita, como en la sauna, en una habitación recién pintada, con una lucecita que sólo ilumina el papel que sostengo con las rodillas dobladas.

Pienso en ti, en nosotros. Todavía me pregunto cómo es posible. Me lo he preguntado durante todo el viaje. ¡Tengo la impresión de que no lo merezco! Y tengo muchísimo miedo de hacerte daño otra vez. Sabes a lo que me refiero, mi querido François, pero ahora estoy convencida de que un día sabrás que amo por primera vez. ¿No lo empiezas a sentir? Me gustaría por ti que así fuera, para que no sufras más.

No debo seguir hablando de estas cosas porque sería capaz de telefonear a Nueva York a pesar de la presencia de Michèle.

Me ha resultado embarazoso encontrarme casi con una jovencita. Se me parece. Se me parece mucho más que cuando era pequeña y todo el mundo pretendía que era el vivo retrato de su padre. Ella también se ha dado cuenta y me mira—perdona que lo escriba con cierto orgullo——con una especie de admiración.

Cuando llegué a la estación, tras dos días de viaje, eran más de las once de la noche. Por si acaso, había enviado un telegrama desde la frontera y vi el coche con la bandera de la embajada.

Me produjo una impresión extraña atravesar así, yo sola en una limusina, una ciudad iluminada cuyos habitantes parecían estar empezando a vivir. El chofer me había comunicado:

—Esté tranquila, señora. Los médicos consideran que la señorita está fuera de peligro. Ayer la operaron en las mejores condiciones.

Estaba contenta de que L… no hubiera venido a la estación. Tampoco estaba en la embajada, donde me recibió una especie de gobernanta muy húngara y muy gran-señora-que-lo-ha-pasado-mal. Fue ella la que me condujo al apartamento que me habían reservado.

—Si desea ir a la clínica esta noche, uno de los coches estará a su disposición.

No sé si comprendes mi estado de ánimo, cielo, con mi pobre maleta, sola en ese inmenso palacio.

—La doncella le preparará un baño. ¿Querrá comer algo después?

No recuerdo si comí. Me trajeron a la habitación una mesa ya servida, como en un hotel, con una botella de vino de Tokay, y te confieso—no sé si te reirás o te enfadarás—que me la bebí entera.

La clínica está un poco apartada de la ciudad, en una colina… Todo transcurrió con mucha ceremonia. L… estaba en la sala de espera, con uno de los dos cirujanos que justamente acababa de examinar a Michèle. Se inclinó ante de mí. Para presentarme, dijo:

—La madre de mi hija.

Iba de frac, lo cual no tiene nada de particular, pues había tenido que asistir a una recepción oficial, pero le daba un aspecto más frío que de costumbre.

El médico dijo que en su opinión estaba ya fuera de peligro, pero que aún necesitaba tres o cuatro días más para pronunciarse definitivamente. Sólo cuando se fue y nos quedamos solos en aquella especie de locutorio que me recordó el convento, L…, muy tranquilo y relajado, me puso al corriente.

—No te tomes a mal que haya tardado en avisarte, pero me costó un poco conseguir tu última dirección.

¡Y tú ya sabes, cielo, que no era la última, porque estábamos en *nuestra casa*!

Perdona que te repita estas dos palabras, pero necesito escribirlas, pronunciarlas en voz baja, para convencerme de que es verdad. ¡Aquí he sido muy desdichada! No, no quiero entristecerte. Tú también eres desdichado, y yo tendría que estar a tu lado, ¡sé que ése es mi verdadero sitio!

Decidieron operar de repente, en plena noche. Intento contártelo todo, pero las ideas se me mezclan. Ten en cuenta que todavía no sé desde cuándo está Michèle en México. Aún no hemos podido hablar las dos y, por otra parte, ella está tan intimidada delante de mí que no sabe qué decir. Si hablo, la enfermera viene y me indica por señas que me calle. ¡Hasta está escrito en las paredes!

¿Qué te estaba contando, François? He olvidado cuántos días hace exactamente que estoy aquí. Duermo en la habitación de la enfermera, pero ella viene pocas veces, creo que ya te lo he dicho, porque tiene que ocuparse mucho de otra paciente que, por lo visto, también es una chica joven.

A menudo Michèle habla en voz baja mientras duerme. Casi siempre habla en húngaro y pronuncia nombres de personas que conozco.

Por la mañana, veo cómo la lavan. Tiene un cuerpecito que me recuerda el mío cuando tenía su edad, y eso hace que se me salten las lágrimas. Es tan pudorosa como yo a su edad. Durante una parte del aseo, tengo que salir de la habitación. Ni siquiera consiente que me quede de espaldas.

Ignoro qué piensa, qué le han contado de mí. Me observa con curiosidad, con asombro. Cuando llega su padre, nos mira a los dos sin decir nada.

Y yo, François, quizá esté mal escribirlo, pienso todo el rato en ti, incluso anteayer, hacia las diez de la noche, cuando Michèle tuvo un síncope que asustó a todo el mundo y telefoneamos a la Ópera para avisar a su padre.

¿Acaso no tengo corazón, soy un monstruo?

También L... me mira con asombro. Y yo me pregunto si,

desde que te conozco, desde que te amo, no habrá en mí algo nuevo que impresiona incluso a los indiferentes.

¡Hasta a la viuda que hace de gobernanta en la embajada! Si vieras los ojos que pone cuando me mira...

Porque, por la mañana, el coche viene a buscarme y me devuelve a la embajada. Enseguida subo a mi apartamento. Allí es donde hago las comidas. Todavía no he visto el comedor y, si he vislumbrado la retahíla de salones, ha sido cuando estaban limpiando, una vez que pasé y todas las puertas estaban abiertas.

Mis conversaciones o, mejor dicho, mi conversación con L...—porque en realidad sólo ha habido una que merezca este nombre—tuvo lugar en su despacho. Me había telefoneado a la habitación para preguntarme si podíamos vernos a las once.

Me examinó, como los demás, con asombro. Él añadió un poco de compasión, tal vez a causa de mi vestido, de mis manos sin joyas, de mi cara, que no me había tomado la molestia de maquillar. Pero también había otra cosa en su mirada, lo que te he dicho y no puedo explicar. Como si la gente adivinase confusamente el amor, y como si eso les resultase embarazoso.

—¿Eres feliz?—me preguntó.

—Sí—respondí, tan sencillamente, mirándolo a los ojos, que fue él quien bajó los párpados.

—Aprovecho, por decirlo así, la ocasión que nos ha reunido accidentalmente para anunciarte mi próxima boda.

—Creía que ya te habías vuelto a casar.

—Sí, pero fue un error.

Hizo un gesto seco con la mano. No estés celoso, François, si te digo que tiene unas manos muy bonitas.

—Me caso de verdad, vuelvo a empezar mi vida, y por eso he hecho venir a Michèle, porque tendrá un sitio en mi nuevo hogar.

Sin duda pensaba que me echaría a llorar, que palidecería o qué sé yo. Y durante todo ese tiempo, te lo juro y te suplico que me creas, yo pensaba en ti. Me habría gustado anunciarle: «¡Estoy enamorada!».

Pero él ya lo sabía, lo sentía. No es posible que los demás no lo sepan.

—Por eso, Catherine...

Perdóname otra vez, no quiero hacerte daño, pero es necesario que te lo cuente todo.

—... por eso espero que no te enfades si no he querido que participaras más íntimamente en la vida de esta casa y si no deseo que tu estancia se prolongue demasiado. Sólo he querido cumplir con mi deber.

—Te lo agradezco.

—Hay otras cuestiones que me habría gustado resolver desde hace tiempo, y si no lo he hecho es porque me ha sido imposible averiguar tu dirección.

Ya te hablaré de ello, François. Por otra parte, aún no he tomado ninguna decisión, pero quiero que sepas que todo lo que he hecho, lo he hecho por ti, contigo, consciente de estar siempre «contigo».

Ahora ya conoces más o menos mi vida aquí. No quiero que creas que me siento humillada. Soy una extraña en la casa, donde no veo a nadie más que a la gobernanta y a los criados. Son educados y distantes. Sólo una joven doncella de Budapest, llamada Nouchi, al verme salir del baño, una mañana se atrevió a decirme: «La señora tiene exactamente la misma piel que la señorita Michèle».

Tú también, amor mío, me confesaste una noche que te gustaba mi piel. La de mi hija es mucho más suave, mucho más blanca. Y sus carnes...

Otra vez me estoy poniendo triste. No quería estar triste esta noche para escribirte. ¡Pero me habría gustado tanto aportarte algo que valiera la pena!

No te aporto nada. Al contrario. Sabes en qué pienso, en qué piensas tú también todo el tiempo, a pesar tuyo, y de nuevo me da miedo y me pregunto si debo volver a Nueva York.

Si fuera una heroína, como las heroínas famosas, seguro que no lo haría. Partiría, como suele decirse, sin dejar ninguna dirección, y quizá pronto te consolarías.

Pero no soy una heroína, mi querido François. ¡Ya lo ves! Ni siquiera soy una madre. Junto a la cama de mi hija, pienso en mi amante, le escribo a mi amante, y me siento orgullosa de escribir esta palabra por primera vez en mi vida.

Mi amante…

Como en nuestra canción, ¿recuerdas? ¿Has ido a escucharla? Espero que no, porque me imagino la cara que habrías puesto al oírla y tendría miedo de que bebieras.

No debes hacerlo. Me pregunto en qué emplearás los días, los largos días de espera. Debes de pasarte horas y horas en nuestra habitación, y seguramente conoces al detalle todos los gestos de nuestro sastrecillo, al que también echo de menos.

No quiero pensar más en ello, porque si lo hago, aunque provoque un escándalo, acabaré llamándote por teléfono. ¡Ojalá te lo conecten enseguida!

Aún no sé si será mañana por la noche o pasado mañana cuando Michèle esté lo bastante bien como para que yo pueda irme a dormir a la embajada, donde tengo teléfono en la habitación.

Ya le he dicho a L…, como sin darle importancia: «No te importará que llame por teléfono a Nueva York, ¿verdad?».

He visto que apretaba las mandíbulas. No vayas a pensar nada extraordinario, querido. Es un tic que tiene. Es prácticamente el único signo de emoción que se puede descubrir en su cara.

¡Y creo que habría estado contentísimo de notar que estoy sola en la vida y hasta de verme a la deriva!

¡No para aprovecharse, claro! Eso se acabó. Sino por su orgullo, que es inmenso.

Me ha contestado fríamente, con una inclinación del busto que es otra de sus manías y que le da un aire muy diplomático: «Puedes llamar cuando quieras».

Lo ha comprendido. Y a mí me han entrado ganas, cariño, de lanzarle tu nombre a la cara y gritar: «¡François!…».

Si eso dura mucho, me veré obligada a hablarle a alguien de

lo nuestro, a cualquiera, como hice en la estación. ¿No estás enfadado por lo de la estación, verdad? ¿Comprendes que es por ti, que no podía seguir llevándote dentro sola por más tiempo?

Qué aspecto tenías cuando me dijiste: «No puedes evitar insinuarte, aunque sea al barman o al taxista... Necesitas tanto seducir a los hombres que sufrirías si el mendigo a quien le das unas monedas en la calle te negase una mirada encandilada...».

Pues bien, voy a confesarte otra cosa... No... Me juzgarías mal... ¡Pero me da lo mismo! Si te dijera que he estado a punto de hablarle de ti a mi hija, que le he hablado de ti, vagamente, muy vagamente—no temas—como de un amigo, de alguien en quien siempre puedo confiar...

Son las cuatro de la madrugada, ya. No me había dado cuenta. Ya no me queda papel. Ya he escrito en todos los márgenes, como ves, y me pregunto si podrás leerlo todo sin perder el hilo.

Me gustaría mucho que no estuvieras triste, que no te sintieras solo, que tuvieras confianza, también tú. Daría lo que fuera para que no sufrieras más por mi culpa.

Mañana o pasado mañana por la noche te llamaré, te oiré, estarás en nuestra casa.

Estoy destrozada.

Buenas noches, François.

Aquel día tuvo realmente la impresión de que lo embargaba tal felicidad que nadie podía acercarse a él sin notarlo.

¡Era tan sencillo! ¡Tan sencillo!

¡Y tan sencillamente hermoso!

Aún subsistían angustias, como puntos dolorosos durante una convalecencia, pero lo que dominaba era una serenidad inmensa.

Ella volvería y la vida empezaría otra vez.

Nada más.

Sólo hacía falta pensar: «Ella volverá, ella volverá y la vida empezará».

No sentía ganas de reír, de sonreír, de retozar, pero estaba feliz con calma y dignidad, y no quería dejarse llevar por sus pequeños temores.

Unos temores ridículos, ¿verdad?

«Esta carta es de hace tres días… Quién sabe, en tres días…».

Y, al igual que había intentado imaginar—tan equivocadamente—el piso que ella había compartido con Jessie antes de conocerlo, imaginaba ese palacete de la embajada, en México, imaginaba a ese Larski al que jamás había visto, en su despacho, y a Kay delante de él.

¿Cuál era esa proposición que le había hecho, que ella había aceptado sin aceptarla, de la que decía que le hablaría más tarde?

¿Volvería a llamar esta noche? ¿A qué hora?

Porque ella no sabía nada. Él había estado estúpidamente mudo al aparato. Ella no estaba al corriente de su evolución. En el fondo, seguía ignorando que él la amaba.

¡No podía saberlo, porque hacía pocas horas que él lo había descubierto!

¿Entonces? ¿Qué iba a ocurrir? ¿A lo mejor dejarían de estar compenetrados? Sentía deseos de darle enseguida la noticia y explicarle todos los detalles.

Puesto que su hija estaba fuera de peligro, no tenía más que volver. ¿Qué hacía demorándose allí, en medio de influencias fatalmente hostiles?

¡Esa idea suya de desaparecer sin dejar rastro, porque lo hacía y lo haría sufrir aún!

¡No! ¡No! Debía explicarle…

Todo había cambiado. Y ella debía saberlo. De lo contrario, era capaz de cometer alguna tontería.

Estaba feliz, henchido de felicidad, de felicidad para mañana, para dentro de unos días, pero ahora mismo esa felicidad se traducía en angustia, porque aún no la poseía y le daba un miedo atroz que se le escapara.

Un accidente de avión, simplemente. Le suplicaría que no tomase el avión para volver, pero entonces la espera duraría cuarenta y ocho horas más… ¿Hay muchos más accidentes de avión que de ferrocarril?

Le hablaría de ello, en todo caso. Podía salir, ya que ella le había anunciado que sólo le telefonearía por la noche.

Laugier había sido idiota. La palabra era demasiado suave. Había sido pérfido. Porque su discurso de la otra tarde no era más que perfidia. Porque también él había notado eso que decía Kay, ese reflejo del amor que hace rabiar a quienes no lo poseen.

«Como mucho, podría buscársele un empleo de acomodadora…».

No eran las palabras exactas, ¡pero era lo que había dicho de Kay!

No bebió en todo el día. No quiso beber. Quería mantener la calma, saborear su calma, su quietud, porque a pesar de todo era quietud.

Hasta las seis de la tarde no decidió—aunque sabía de antemano que iba a ocurrir—ir al Ritz a ver a Laugier, no tanto para desafiarlo como para mostrarle su serenidad.

Tal vez si Laugier lo hubiese pinchado, como él esperaba, o se hubiese mostrado mínimamente agresivo, las cosas habrían transcurrido de otra forma.

Ocupaban toda una mesa en el bar, y con ellos estaba la joven estadounidense de la otra vez.

—¿Qué tal, muchacho?

Una mirada, simplemente. Una mirada satisfecha, un apretón de manos un poco más cordial que de costumbre, como diciendo: «¿Lo ves? ¡Ya está! Yo tenía razón...».

¿El imbécil se imaginaba que todo había terminado, que ya había tirado a Kay por la borda?

No se hablaría más del tema. Era agua pasada. Asunto liquidado. Volvía a ser un hombre como los demás.

¿Se imaginaba eso de verdad?

Pues bien, él no quería ser un hombre como los demás, y sintió la necesidad de mirarlos con compasión. Echaba de menos a Kay, de repente, hasta un punto que jamás habría podido prever, hasta el punto de sentir un vértigo físico.

Era imposible que no se dieran cuenta. O, de lo contrario, ¿sería realmente como los demás, como esas personas que lo rodeaban y por las que sólo sentía desprecio?

Repitió los gestos habituales, aceptó uno, dos manhattans, contestó a las preguntas de la estadounidense, que dejaba la marca de carmín en los cigarrillos y quería saber qué obras había interpretado en Francia.

Ansiaba furiosa, dolorosamente, la presencia de Kay, y sin embargo se comportaba como un hombre normal y se sorprendió pavoneándose, hablando de sus éxitos en el teatro con una animación excesiva.

El cara de rata no estaba. Había otras personas que no conocía y que pretendían haber visto sus películas.

Habría deseado hablar de Kay. Llevaba su carta en el bolsillo y, en determinados momentos, habría sido capaz de leérsela a cualquiera, a esa estadounidense, por ejemplo, a la que la vez anterior ni siquiera había mirado.

«No lo saben —se repetía—. No pueden saberlo».

Bebía maquinalmente las copas que le servían. Y pensaba: «Faltan tres días, cuatro como máximo. Esta noche me telefoneará, me cantará nuestra canción».

Amaba a Kay, eso era indiscutible. Nunca la había amado tanto como aquella tarde. Y aquella tarde precisamente descubriría una nueva forma de su amor, quizá descubriría sus raíces.

Pero todo aquello era confuso aún, y seguiría siendo siempre confuso, como un mal sueño.

La sonrisa satisfecha de Laugier, por ejemplo, con un destello de ironía en las pupilas. ¿Por qué de repente Laugier se burlaba de él? ¿Porque hablaba con la joven estadounidense?

Pues bien, le hablaba de Kay. Ya no hubiera podido decir cómo había acabado hablando de ella, cómo había logrado llevar la conversación hacia ese tema.

¡Ah, sí! Ella le había preguntado: «Está usted casado, ¿verdad? ¿Su mujer está con usted en Nueva York?».

Y él había hablado de Kay. Dijo que había venido solo a Nueva York y que la soledad le había hecho comprender el valor inestimable del contacto humano.

Ésa era la palabra que había empleado, y en ese momento le pareció cargada de sentido, en el ambiente cálido del Ritz, en medio del ruido del gentío, delante de aquella copa que vaciaba sin cesar, y fue como una revelación.

Estaba solo, con su carne triste. Y había conocido a Kay. Y se habían sumergido de inmediato tan profundamente en la intimidad de sus seres como permite la naturaleza humana.

Porque estaban hambrientos de humanidad.

—No lo entiende, ¿verdad? No puede entenderlo.

¡Y aquella sonrisa de Laugier, que en la mesa de al lado charlaba con un empresario!

Combe era sincero, apasionado. Estaba lleno de Kay. Desbordaba de ella. Recordaba la primera vez que se habían echado el uno en brazos del otro, sin saber nada el uno del otro, sólo que estaban hambrientos de contacto humano.

Repetía la palabra, se esforzaba por encontrar el equivalente en inglés, y la estadounidense lo miraba con unos ojos que eran cada vez más soñadores.

—Dentro de tres días, quizá antes, si toma el avión, estará aquí.

—¡Qué feliz debe sentirse!

Quería hablar de ella. El tiempo pasaba volando. El bar se estaba vaciando y Laugier se levantó y le tendió la mano.

—Os dejo, chicos. Oye, François, ¿te importa acompañar a June?

Combe adivinaba vagamente una especie de complot a su alrededor, pero no quería rendirse a la evidencia.

¿Acaso Kay no le había dado todo lo que una mujer puede dar?

He aquí dos seres que gravitan, cada uno por su lado, sobre la superficie del globo, que están como perdidos en las miles de calles, iguales unas a otras, de una ciudad como Nueva York.

Y el Destino hace que se encuentren. Y, al cabo de unas horas, están tan intensamente unidos el uno al otro que la idea de separarse les resulta intolerable.

¿No es maravilloso?

Esa maravilla es lo que habría querido hacerle comprender a June, que lo miraba con unos ojos en los que él creía leer la nostalgia de los mundos que le estaba abriendo.

—¿Hacia dónde va?

—No lo sé. No tengo prisa.

Entonces, la llevó al pequeño bar. Necesitaba ir allí, y aquella noche no se sentía con ánimos de ir solo.

Ella también llevaba un abrigo de pieles, y también se colgó con un gesto perfectamente natural de su brazo.

Le pareció que era un poco como si Kay estuviera con él. ¿Acaso no era de Kay, y sólo de Kay, de lo que hablaban?

—¿Es muy bonita?

—No.

—¿Entonces?

—Es conmovedora, es hermosa. Debería verla. Es *la* mujer, ¿comprende? No, no lo comprende. La mujer un poco desencantada pero que, sin embargo, sigue siendo una niña. Entremos aquí. Escuchará...

Buscó febrilmente unos *nickels* en el bolsillo y puso el disco, mirando a June con la esperanza de que compartiese inmediatamente la emoción que *ellos* habían sentido.

—Dos manhattans, barman.

Intuía que era un error seguir bebiendo, pero ya no podía parar. La canción lo turbaba hasta tal punto que los ojos se le llenaron de lágrimas, y la estadounidense, sin que él se lo esperase, le acarició suavemente la mano como para tranquilizarlo.

—No debe llorar, porque ella volverá.

Entonces apretó los puños.

—¿Pero no comprende que ya no puedo esperar más, que tres días, que dos días, son una eternidad?

—¡Shh! Le están oyendo.

—Perdone.

Estaba demasiado tenso. No quería relajarse. Volvió a poner el disco, una, dos, tres veces, y cada vez pedía otros dos cócteles.

—Por la noche, a veces caminábamos durante horas por la Quinta Avenida.

Estuvo tentado de caminar así con June, para mostrarle, para obligarla a compartir sus angustias y su fiebre.

—Me gustaría conocer a Kay —dijo ella, soñadora.

—La conocerá. Se la presentaré.

Era sincero, no tenía segundas intenciones.

—Ahora en Nueva York hay muchos sitios por los que ya no puedo pasar solo.

—Lo comprendo.

Ella volvía a cogerle la mano. También parecía conmovida.

—Vámonos—propuso.

¿Para ir adónde? Él no tenía ganas de acostarse, de encontrarse solo en su habitación. No tenía conciencia de la hora.

—¡Ya lo sé! Voy a llevarla a un cabaret que conozco, donde hemos estado Kay y yo.

Y, en el taxi, ella se apretaba contra él, y había deslizado la mano desnuda dentro de la suya.

Entonces, le pareció... No, era algo imposible de explicar. Le pareció que Kay no era solamente Kay, era todo lo humano del mundo, era todo el amor del mundo.

June no lo entendía. Tenía la cabeza contra su hombro, y él respiraba un perfume desconocido.

—Júreme que me la presentará.

—Pues claro.

Entraron en el Bar n.° 1, donde el pianista seguía paseando por el teclado del piano unos dedos indolentes. Ella caminaba, como Kay, delante de él, con ese orgullo instintivo de la mujer que lleva a un hombre detrás. Se sentó, como ella, echándose el abrigo sobre los hombros y abrió el bolso para sacar un cigarrillo, buscando su encendedor.

¿Hablaría también ella con el *maître*?

A esa hora, tenía signos de fatiga debajo de los ojos, como Kay, y se notaba la carne de las mejillas un poco fláccida debajo del maquillaje.

—¿Me da fuego, por favor? El encendedor se ha quedado sin gasolina.

Le sopló el humo a la cara riendo y, un poco más tarde, inclinándose, le rozó el cuello con los labios.

—Cuénteme más cosas de Kay. —Pero luego se impacientó y dijo levantándose—: ¡Vámonos!

¿Para ir adónde, una vez más? Quizá ahora lo adivinaban los dos. Estaban en Greenwich Village, a dos pasos de Washington Square. Ella le apretaba el brazo, se apoyaba contra él al caminar, él notaba su cadera a cada paso.

Se detuvieron abajo, delante del portal. Combe permaneció un momento inmóvil, tuvo la impresión de cerrar los ojos por espacio de un segundo; luego, con un gesto a la vez suave y resignado que denotaba una especie de compasión por ella y por él todavía más que por Kay, la empujó hacia dentro.

Ella subía, unos peldaños por delante. También tenía una carrera en la media.

—¿Es más arriba?

¡Claro, ella no lo sabía! Se detuvo en el penúltimo rellano y evitó mirarlo.

Él abrió la puerta y extendió la mano hacia el interruptor.

—No, no dé la luz, por favor.

Llegaba algo de luz de la calle, algo de esa luz pálida y excesivamente delimitada que emana de las farolas y que huele a la noche de las ciudades.

Sintió contra su cuerpo las pieles, un vestido de seda, el calor de un cuerpo y, finalmente, dos labios húmedos que trataban de amoldarse lo más exactamente posible a los suyos.

Pensó: «Kay...».

Y se derrumbaron.

Ahora permanecían sin hablar, inmóviles, cuerpo contra cuerpo. Ninguno de los dos dormía y ambos lo sabían. Combe tenía los ojos abiertos y veía junto a él el relieve pálido de una mejilla, el de una nariz donde el sudor ponía brillos.

Ambos intuían que sólo debían callarse y esperar, y de pronto los envolvió un estrépito, el timbre del teléfono sonó con tanta violencia que se sobresaltaron, sin darse cuenta enseguida de lo que pasaba.

Y ocurrió algo grotesco: Combe, presa del pánico, no encontraba el aparato que había usado una sola vez, y fue June la que, para ayudarle, encendió la lamparita de la mesa de noche.

—Aló... Sí...

No reconocía su propia voz. Estaba desnudo, petrificado, de pie en medio de la habitación, con el aparato en la mano.

—François Combe, sí...

La vio levantarse murmurando:

—¿Quieres que salga?

¿Para qué? ¿Para ir adónde? ¿Acaso no oiría igual desde el cuarto de baño?

Y ella se volvió a acostar, de lado. Sus cabellos estaban esparcidos sobre la almohada, casi del mismo color que los cabellos de Kay, y en el mismo sitio.

—Aló...

No le salía la voz.

—¿Eres tú, François?

—Sí, cariño.

—¿Qué te pasa?

—¿Por qué?

—No sé. Tienes una voz rara.

—Me he despertado sobresaltado.

Le daba vergüenza mentir, no sólo mentirle a Kay, sino mentirle a Kay delante de la otra, que lo miraba.

Ya que se había ofrecido a salir, ¿por qué no tenía al menos la delicadeza de volverse del otro lado? Lo miraba con un ojo, y él no podía apartar la mirada de ese ojo.

—¿Sabes, cariño?, tengo una buena noticia que darte. Salgo mañana o, mejor dicho, hoy por la mañana en avión. Estaré en Nueva York por la tarde. Aló…

—Sí.

—¿No dices nada? ¿Qué pasa, François? Me ocultas algo. Has salido con Laugier, ¿verdad?

—Sí.

—Apuesto a que has bebido.

—Sí.

—Ya sospechaba que era eso, pobrecito mío. ¿Por qué no lo decías? ¡Mañana! Esta noche…

—Sí…

—He conseguido el billete a través de la embajada. No sé exactamente a qué hora llega el vuelo a Nueva York, pero puedes informarte. Viajo con la Pan-American. No te equivoques, porque hay dos compañías que hacen el trayecto y los vuelos no llegan a la misma hora.

—Sí.

¡Y él, que tenía tantas cosas que decirle! ¡Él, que tenía esa gran noticia que darle a gritos y que estaba allí, como hipnotizado por un ojo!

—¿Has recibido mi carta?

—Esta mañana.

—¿No había demasiadas faltas? ¿Has tenido ánimos para leerla hasta el final? Creo que no me acostaré. No es que necesite mucho rato para hacer el equipaje. Esta tarde, ¿sabes?, he podido salir una hora y te he comprado una sorpresa. Pero ya veo que tienes sueño. ¿De veras has bebido mucho?

—Creo que sí.

—¿Laugier ha sido muy desagradable?

—Ya no me acuerdo, cariño. Pensaba en ti todo el rato. No podía más. Tenía prisa por colgar.

—Hasta esta noche, François.

—Hasta esta noche.

Habría debido hacer un esfuerzo. Lo había intentado, con toda su energía, pero no lo había logrado.

Estuvo a punto de confesarle de repente: «Oye, Kay, hay alguien en la habitación. Comprendes ahora por qué...».

Se lo diría cuando hubiera vuelto. No debía ser una traición, nada debía interponerse entre ellos.

—Duérmete rápido.

—Buenas noches, Kay.

Fue despacio a dejar el aparato sobre la mesa. Se quedó allí, inmóvil en medio de la habitación, con los brazos colgando, mirando al suelo.

—¿Lo ha adivinado?

—No lo sé.

—¿Se lo dirás?

Levantó la cabeza, la miró de frente y respondió con calma:

—Sí.

Ella se quedó un momento tendida de espaldas, con el busto levantado, luego se arregló un poco el cabello, sacó las piernas de la cama, una tras otra, y empezó a ponerse las medias.

Él no la detuvo. No le impidió que se marchase. También él se vistió.

June dijo, sin rencor:

—Me iré sola. No hace falta que me acompañes.

—Pues claro que sí.

—Es mejor que no. A lo mejor vuelve a telefonear.

—¿Tú crees?

—Si ha adivinado algo, volverá a llamar.

—Perdóname.

—¿Por qué?

—Por nada. Por dejarte marchar así.

—Ha sido culpa mía.

Le sonrió. Y cuando estuvo lista, cuando hubo encendido un cigarrillo, se le acercó y le dio un beso muy suave, muy fraternal, en la frente. Sus dedos buscaban los de él y los apretaban mientras susurraba:

—¡Buena suerte!

Después de lo cual, él se sentó en un sillón, a medio vestir, y se pasó el resto de la noche esperando.

Pero Kay no telefoneó, y el primer signo del nuevo día fue la lámpara que se encendía en la habitación del sastrecillo judío.

¿Combe se equivocaba? ¿Siempre sería así? ¿Descubriría indefinidamente nuevas profundidades de amor por alcanzar?

No movía ni un solo músculo de la cara. Estaba muy cansado, entumecido física y mentalmente. No tenía la impresión de pensar.

Pero tenía la convicción—como una certidumbre difusa en todo su ser—de que hasta aquella noche no había amado a Kay verdadera, totalmente. O, en todo caso, ahora tenía esa revelación.

Por eso, cuando el día acarició los cristales y la lamparita de la mesa de noche palideció, sintió vergüenza de lo ocurrido.

10

Ella seguramente no lo entendió, no podía entenderlo. No podía adivinar, por ejemplo, que durante la hora que llevaba esperando en el aeropuerto de La Guardia él se había estado preguntando—sin ningún romanticismo, simplemente porque conocía el estado de sus nervios—si soportaría el shock.

Todo lo que había hecho ese día, todo lo que él era ahora mismo, resultaba tan nuevo para ella que se vería obligado, por así decir, a conquistarla otra vez. Y la pregunta, la pregunta angustiante, era saber si ella continuaría estando en sintonía con él, si aceptaría, si sería capaz de seguirlo tan lejos.

Por eso, desde por la mañana, no había hecho nada de lo que se había prometido hacer desde hacía varios días cuando ella volviera. Ni siquiera se había molestado, ni siquiera se había dignado a cambiar la almohada en la que June había recostado la cabeza, no había comprobado tampoco que no hubiese dejado marcas de carmín.

¿Para qué? ¡Estaba tan lejos de todo eso! ¡Era algo tan superado!

Tampoco había ido a encargar una cena al restaurante italiano, no sabía qué había para comer o para beber en la nevera.

¿En qué había empleado el día? A Kay no le habría sido fácil adivinarlo. Seguía lloviendo, una lluvia más fina, más apagada, y él había arrastrado un sillón hasta colocarlo delante de la venta, había abierto las cortinas y se había sentado. Era un día de luz cruda, despiadada, con un cielo aparentemente sin luz, pero dolían los ojos al mirarlo.

No necesitaba otra cosa. El color de los ladrillos de las casas de enfrente, empapados por ocho días de lluvia, era espantoso, las cortinas y las ventanas, de una banalidad irritante.

¿Las miraba? Más tarde se asombró al constatar que ni un solo instante había prestado atención al sastrecillo fetiche de ellos dos.

Estaba muy cansado. Había pensado en acostarse un par de horas, pero se había quedado allí, con el cuello abierto, las piernas estiradas, fumando en pipa y tirando la ceniza al suelo.

Permaneció prácticamente inmóvil hasta que, de repente, hacia el mediodía, se acercó al teléfono y por primera vez pidió una conferencia, un número de Hollywood.

—¡Aló! ¿Es usted, Ulstein?

No era un amigo. Tenía amigos allí, realizadores, artistas franceses, pero hoy no quería dirigirse a ellos.

—Aquí, Combe. Sí, François Combe. ¿Cómo? No, le hablo desde Nueva York... Ya lo sé, amigo, si hubiera tenido algo que ofrecerme, me habría escrito o telegrafiado... No, no le llamo por eso... ¡Aló! No corte, señorita...

Un tipo espantoso, que había conocido en París, no en el Fouquet's, sino caminando arriba y abajo por la acera del Fouquet's para fingir que acababa de salir de allí.

—¿Recuerda nuestra última conversación en París? Me dijo que, si aceptaba papeles medianos, bueno, papeles pequeños, para ser exactos, no le sería difícil garantizarme lo necesario para vivir... ¿Cómo?

Sonrió amargamente, porque preveía que el otro sacaría pecho.

—No se ande por las ramas, Ulstein... No le estoy hablando de mi carrera... ¿Cuánto a la semana? Sí, aceptando lo que sea... ¡Pero a usted qué le importa! Eso es asunto mío... Conteste a la pregunta y olvide todo lo demás...

La cama deshecha y, al otro lado, el rectángulo gris de la ventana. Blanco crudo y gris frío. Y él hablando con una voz cortante.

—¿Cuánto? ¿Seiscientos dólares? ¿Las semanas buenas? ¡Entiendo! Quinientos... ¿Está seguro de lo que dice? ¿Está dispuesto a firmar un contrato, de seis meses, por ejemplo, a esta tarifa? No, no puedo contestar enseguida... Probablemente mañana... Tampoco... Ya le llamaré yo...

Kay no lo sabía. Tal vez esperaba encontrar el apartamento lleno de flores; ignoraba qué se le había pasado por la cabeza, pero lo había descartado encogiéndose de hombros con desdén.

¿Acaso no tenía razón al pensar que quizá ella ya no estaría en sintonía con él?

A lo mejor se había precipitado. Era consciente de haber recorrido, en poquísimo tiempo, un camino considerable, vertiginoso, un camino que los hombres suelen tardar años en recorrer, si es que no les lleva toda la vida, ¡y eso los que lo consiguen!

Sonaban campanas cuando salió de su casa; debió de bajar a la calle, con su impermeable beige, y echó a andar con las manos en los bolsillos.

Lo que Kay tampoco sospechaba es que ahora eran las ocho de la tarde y él llevaba caminando desde el mediodía, salvo el cuarto de hora que empleó en comerse un *hot dog* en la barra de una cafetería. Pero no había elegido la suya. No tenía importancia.

Había atravesado Greenwich Village en dirección a los muelles, al puente de Brooklyn, y por primera vez había cruzado a pie ese inmenso puente de hierro.

Hacía frío. Apenas llovía. El cielo era bajo; las nubes,

de un gris espeso. En el East River las olas furiosas tenían crestas blancas, unos remolcadores silbaban como enojados, unos miserables barcos marrones de fondo plano, que transportaban como tranvías su carga de pasajeros, seguían una ruta invariable.

¿Lo habría creído Kay si le hubiera dicho que había ido a pie hasta el aeropuerto? Parándose sólo dos o tres veces en bares populares, con los hombros de su *trench coat* mojados, las manos en los bolsillos, el sombrero empapado, como un hombre que se lanza a la aventura.

No había tocado ninguna gramola. Ya no le hacía falta.

Y todo lo que veía a su alrededor, esa peregrinación a través de un mundo gris, donde unos hombres negros se agitaban en el haz que proyectaban las farolas eléctricas, esos almacenes, esos cines con sus guirnaldas de luces, esas cafeterías o tiendas de dulces asquerosos, esas máquinas tragaperras, gramolas y juegos en los que meter las bolas en unos agujeritos, todo lo que una gran ciudad ha podido inventar para engañar la soledad de los hombres, todo eso, podía mirarlo en adelante, por fin, sin repugnancia ni miedo.

Ella estaría allí. Ella iba a estar allí.

Una sola angustia aún, la última, que arrastraba consigo de manzana en manzana, frente a esos cubos de ladrillo con escaleras de incendio en la fachada, ante los que uno se pregunta, no ya cómo hay quien tiene valor para vivir en ellos, lo cual todavía es bastante fácil, sino cómo tienen valor para morir en ellos.

Y pasaban los tranvías, llenos de caras lívidas y secretas. Y unos niños, unos hombrecitos completamente negros en medio de la grisura, volvían de la escuela esforzándose, también ellos, por ser felices.

Y todo lo que se veía en los escaparates era triste. Y los

maniquíes de madera o de cera tenían unas poses alucinantes, tendían las manos demasiado rosas con unos gestos de inadmisible aceptación.

Kay no sabía nada de todo esto. No sabía nada. Ni que él se había pasado caminando arriba y abajo una hora y media por el vestíbulo del aeropuerto, entre otras personas que esperaban como él, las unas crispadas, ansiosas, las otras alegres o indiferentes, o satisfechas de sí mismas, preguntándose si sería capaz de resistir hasta el último minuto.

Pensaba en ese minuto justamente, en el instante en que volvería a verla. Se preguntaba si seguiría siendo la misma, si se parecería aún a la Kay que él amaba.

Se trataba de algo más sutil, más profundo. Se había prometido mirarla a los ojos enseguida, desde el primer segundo, simplemente, largamente, y decirle:

—Se acabó, Kay.

Sabía que ella no lo comprendería. Era casi un juego de palabras. Se acabó el caminar, el perseguirse, el acosarse. Se acabó el correr el uno tras el otro, el aceptar o rechazar.

Se acabó. Así lo había decidido, y por eso su día había sido tan grave y tan profundamente angustioso.

Porque a pesar de todo existía la posibilidad de que ella no pudiese seguirlo, de que aún no estuviera a su nivel. Y él ya no tenía tiempo de esperar.

Se acabó. Esta palabra, para él, lo resumía todo. Tenía la impresión de haber completado el ciclo, de haber tocado fondo, de haber llegado donde el Destino quería conducirlo, al lugar, en definitiva, donde el Destino lo había tomado.

En su cafetería, cuando aún no sabían nada el uno del otro y, sin embargo, todo estaba decidido ya...

En vez de buscar, de andar a tientas, de ponerse tenso,

de rebelarse, ahora decía con una humildad tranquila y sin vergüenza: «Lo acepto».

Lo aceptaba todo. Todo el amor de ambos y lo que podía traer consigo. Kay tal como era, tal como había sido y tal como sería.

¿Lo habría comprendido ella realmente al verlo esperando, entre tantos otros, detrás de la barrera gris de un aeropuerto?

Corrió hacia él, temblorosa. Le tendió los labios y en aquel momento ignoraba que no eran sus labios lo que él deseaba.

—¡Por fin, François!—exclamó. E inmediatamente después, porque era mujer, añadió—: Estás empapado.

Se preguntaba por qué la miraba tan fijamente, con aspecto de sonámbulo, por qué la llevaba a través de la multitud, apartándola con unos gestos casi de rabia.

Estuvo a punto de preguntar: «¿No estás contento de que esté aquí?».

Y se acordó de la maleta.

—Debemos recoger la maleta, François.

—Haré que nos la lleven a casa.

—Hay cosas que puedo necesitar.

—No importa—respondió.

Y se limitó a dar la dirección en una ventanilla.

—Era fácil llevarla en un taxi. Y yo que te había traído un recuerdo…

—Ven.

—Claro, François.

En sus ojos había temor y una especie de sumisión.

—A algún sitio, da igual, cerca de Washington Square —le espetó al taxista.

—Pero…

No se preocupaba de saber si había comido, si estaba

cansada. Tampoco se había fijado en que llevaba un vestido nuevo debajo del abrigo.

Ella entrelazó sus dedos con los de él, que permanecía
indiferente, tenso más bien, cosa que la sorprendió.

—François.

—¿Qué?

—Todavía no me has besado de verdad.

Porque no podía besarla aquí, besarla ahora, porque no
tendría ningún sentido. Cuando sin embargo lo hizo, ella
sintió que era por condescendencia y se asustó.

—Oye, François…

—Sí.

—Esta noche…

Él esperó. Sabía lo que iba a decir.

—Estuve a punto de volver a llamar. Perdóname si me
equivoco, pero tuve todo el tiempo la impresión de que había alguien en el cuarto…

No se veían. Eso le recordaba el otro taxi, el del día anterior.

—Contesta. No te lo reprocharé. Aunque… En *nuestra*
habitación…

—Había alguien—dejó caer, casi con frialdad.

—Lo sabía. Por eso no me atreví a llamar otra vez. François…

¡No! No quería una escena. ¡Estaba tan por encima de
todo eso! Y de esa mano que se crispaba sobre la suya,
de esos jadeos, de esas lágrimas que sentía brotar.

Se impacientó. Deseaba haber llegado ya. Era casi como
estar en un sueño, ese largo trayecto que hay que recorrer
y siempre parece que uno esté a punto de llegar, pero invariablemente queda una última cuesta que subir.

¿Tendría el valor suficiente?

Ella debía callarse. Habría hecho falta alguien para decirle que se callara. Él no podía. Ella creía que con haber vuelto era suficiente, mientras que durante su ausencia él había completado una etapa muy larga.

—¿Lo hiciste, François?—balbuceó.

—Sí.

Con maldad. Se lo dijo con maldad, porque le reprochaba que no fuese capaz de esperar, de esperar el momento maravilloso que él le había preparado.

—Nunca pensé que fuera capaz de sentir celos. Ya sé que no tengo derecho…

Él había divisado unas luces chillonas, las de la cafetería donde se conocieron, y le ordenó al chofer que parase.

¿Acaso no era una recepción inesperada para semejante regreso? Sabía que ella estaba decepcionada, cada vez más cerca de las lágrimas, pero habría sido incapaz de actuar de otra forma, y le repitió:

—Ven.

Ella lo siguió, dócil, inquieta, atormentada por el nuevo misterio que él estaba escenificando para ella. Él entonces añadió:

—Vamos a comer algo y luego iremos a casa.

En el momento en que penetró en la luz, casi parecía un aventurero, con su *trench coat* mojado en los hombros, el sombrero empapado de lluvia y la pipa, que por primera vez había encendido cuando estaban solos en el coche.

Fue él quien le pidió unos huevos con bacon, sin preguntárselo, y él también quien, sin esperar a que ella sacara la pitillera del bolso, pidió unos cigarrillos de su marca habitual y le tendió uno.

¿Empezaba ella a adivinar que él aún no podía decir nada?

—Lo que me sorprende, François, es que haya sido justamente esa noche, cuando yo estaba tan contenta de anunciarte mi llegada…

Creyó que él la miraba fríamente, que jamás la había mirado tan fríamente, ni siquiera el primer día, mejor dicho, la primera noche, cuando se encontraron allí mismo.

—¿Por qué lo has hecho?

—No lo sé. Por ti.

—¿Qué quieres decir?

—Nada. Es demasiado complicado.

Permaneció sombrío, casi distante. Ella sintió la necesidad de hablar, de mover los labios:

—Debo contarte enseguida, a menos que te moleste, lo que ha hecho Larski. Conste que todavía no he aceptado nada. Antes quería hablarlo contigo...

Él lo sabía de antemano. A alguien que los observara aquella noche, Combe le habría parecido el hombre más indiferente de la tierra. ¡Todo aquello tenía tan poca importancia comparado con su decisión, comparado con la gran verdad humana que por fin le había sido revelada!

Ella rebuscó en el bolso. Era de mal gusto. Lo hacía febrilmente, pero él no la culpaba por ello.

—Mira.

Un cheque, un cheque al portador de cinco mil dólares.

—Quiero que comprendas exactamente...

Pues claro. Él lo comprendía.

—No lo ha hecho con la intención que tú crees. Además, me correspondía por las cláusulas del divorcio. Fui yo la que no quise sacar el tema del dinero, como tampoco exigí tener a mi hija un número determinado de semanas al año.

—Come.

—¿Te molesta que hable de esto?

—No—respondió sinceramente.

¿Lo había previsto? Casi. Él estaba demasiado lejos. Tenía que esperarla, como el que ha llegado a la cima antes que los demás.

—Camarero, la sal.

Otra vez lo de siempre. La sal. La pimienta. Luego la salsa inglesa. Luego fuego para el cigarrillo. Luego… Ya no se impacientaba. No sonreía. Permanecía serio, como en el aeropuerto, y eso era lo que la desconcertaba.

—Si lo conocieras, y sobre todo si conocieras a su familia, no te sorprendería.

¿Sorprenderse él? ¿De qué?

—Desde hace siglos son los dueños de unas tierras tan extensas como un departamento francés. Hubo épocas en que daban unas rentas considerables. Ahora no lo sé, pero todavía son inmensamente ricos. Han conservado ciertas costumbres. Recuerdo, por ejemplo, a un loco, un excéntrico o un aprovechado, no sabría decirlo, que llevaba diez años viviendo en uno de sus castillos con la excusa de hacer el catálogo de la biblioteca. Se pasaba el día leyendo. De vez en cuando escribía unas palabras en un pedazo de papel y lo echaba en una caja. Y un día esa caja, al cabo de diez años, se quemó. Estoy segura de que fue él quien le prendió fuego.

»En el mismo castillo, había al menos tres amas de cría, tres mujeres viejas, no sé de quién habrían sido nodrizas porque Larski es hijo único, que vivían allí sin hacer nada, a cuerpo de rey.

»Podría estar mucho rato contando cosas así.

»¿Qué te pasa?

—Nada.

Simplemente acababa de verla en el espejo como la primera noche, un poco torcida, un poco deformada. Y ésa fue la última prueba, la última vacilación.

—¿Crees que debo aceptar?

—Ya veremos.

—Yo lo hacía por ti… Quiero decir… No te ofendas… para no estar totalmente a tu cargo, ¿comprendes?

—Pues claro, cariño.

Casi le entraban ganas de reír. Era un poco grotesco. Con su pobre amor, ella iba tan por detrás del amor de él, ¡de ese amor que aún no conocía en toda su dimensión y que él le iba a ofrecer!

¡Y ella tenía tanto miedo! ¡Estaba tan desconcertada! Volvía a comer con una lentitud deliberada, por miedo a lo desconocido que la esperaba, y luego encendía su inevitable cigarrillo.

—Mi pobre Kay.

—¿Qué? ¿Por qué pobre?

—Porque te he lastimado un poco, sólo un poco, incidentalmente. Pero creo que era necesario. Me apresuro a añadir que no lo he hecho adrede, sino simplemente porque soy un hombre, y eso tal vez vuelva a ocurrir.

—¿En nuestra habitación?

—No.

Y ella le lanzó una mirada agradecida. Sin embargo, se equivocaba, porque aún no sabía que aquella habitación ya era casi el pasado.

—Ven.

Ella se dejó llevar, ajustó su paso al de él. La víspera, también June había ajustado tan exactamente su paso al del hombre de modo que las caderas de los dos al caminar eran como una sola.

—Me has hecho mucho daño, ¿sabes? Te perdono, pero...

Él la besó, justo debajo de una farola, y fue la primera vez que la besaba por compasión, porque todavía no era el momento.

—¿No quieres que vayamos a tomar un *drink* a nuestro pequeño bar?

—No.

—¿Y aquí cerca, al Bar n.º 1?

—No.

—Bueno.

Ella lo seguía, obediente, tal vez no muy tranquilizada, y se acercaban a su casa.

—Nunca creí que la traerías aquí.

—Era necesario.

Él tenía prisa por acabar. Casi la empujaba, como había empujado a la otra la víspera, pero sólo él sabía que no había comparación posible, veía flotar las pieles delante de él, en la escalera, las piernas pálidas que se detenían en el rellano.

Entonces, por fin, abrió la puerta, accionó el interruptor, y no había nada que diese la bienvenida a Kay, no había más que la habitación vacía, casi fría, desordenada. Él sabía que Kay tenía ganas de llorar. ¿Acaso deseaba verla llorar de despecho? Se quitó el *trench coat*, el sombrero y los guantes. Le quitó a ella el abrigo y el sombrero.

Y, en el momento en que ella adelantaba ya el labio inferior con una mueca, le dijo:

—Mira, Kay, he tomado una gran decisión.

Ella todavía tenía un poco de miedo. Lo miraba con unos ojos asustados de niña, y a él le entraron ganas de reír. ¿No era un estado de ánimo un poco raro para pronunciar las palabras que iba a pronunciar?

—Ahora sé que te amo. No importa lo que ocurra, si soy feliz o desdichado, pero de antemano lo acepto. Eso es lo que quería decirte, Kay. Eso es lo que me había prometido decirte a gritos por teléfono, no sólo la primera noche, sino también anoche, a pesar de todo. Te amo, pase lo que pase, con todo lo que tenga que sufrir, aunque…

Y ahora fue él quien se quedó desconcertado porque, en vez de echarse en sus brazos, como él había previsto, Kay se quedó lívida, fría, en medio de la habitación.

¿Habría tenido razón al temer que ella no estaría en sintonía él?

La llamó, como si se hallara muy lejos:

—¡Kay!

Ella no lo miraba. Estaba ausente.

—¡Kay!

Tampoco se acercó a él. Al contrario, su primer impulso fue volverle la espalda. Entró precipitadamente en el cuarto de baño y cerró la puerta.

—Kay...

Y allí estaba él, desamparado, en medio de la habitación que había querido mantener en desorden, con su amor en la punta de sus manos vacías.

11

Estaba inmóvil, silencioso, hundido en el sillón, con los ojos fijos en la puerta detrás de la cual no se oía ningún ruido. A medida que pasaba el tiempo, se iba serenando, su impaciencia se disolvía en una especie de confianza suave e insinuante que empezaba a envolverla.

Al cabo de muchísimo rato, sin que se hubiese oído ningún chasquido anunciador, la puerta se abrió: primero vio girar el pomo, luego abrirse el batiente y finalmente apareció Kay.

Él la miraba y ella lo miraba. Algo había cambiado en ella, pero él no era capaz de adivinar qué. Su cara, la mata de sus cabellos no eran los mismos. No llevaba maquillaje alguno y su piel era fresca; había viajado todo el día y sus facciones estaban relajadas.

Le sonreía avanzando hacia él, con una sonrisa todavía algo tímida y como torpe, y él tuvo la impresión casi sacrílega de asistir al nacimiento de la felicidad.

De pie, delante del sillón, ella le tendió las dos manos para que se levantase, porque había en aquel minuto una solemnidad que exigía que estuvieran de pie los dos.

No se abrazaron, sino que permanecieron el uno contra el otro, mejilla contra mejilla, en un largo silencio, y era como si ese silencio temblase a su alrededor, y por fin fue ella la que se atrevió a romperlo y balbuceó en un murmullo:

—Has venido.

Entonces, él se avergonzó porque presintió la verdad.

—No creí que vinieras, François, y ni siquiera me atrevía a desearlo, a veces incluso he deseado lo contrario. ¿Recuer-

das la estación, nuestro taxi, la lluvia, lo que te dije entonces y que creía que tú jamás comprenderías?

»No era una partida... Era una llegada...

»Para mí...

»Y ahora...

La sentía derretirse en sus brazos y se sentía tan débil, tan
torpe como ella ante lo maravilloso que les estaba ocurriendo.

Como creía verla desfallecer, quería llevarla hasta la
cama, pero ella protestó débilmente:

—No...

No era lugar para ellos, aquella noche. Se acurrucaron
los dos en el gran sillón ajado, y cada uno oía latir el pulso
y sentía el aliento del otro.

—No hables, François. Mañana...

Porque mañana amanecería y sería la hora de entrar en
la vida, los dos, para siempre.

Mañana ya no estarían solos, ya nunca más estarían solos,
y cuando ella sintió de pronto un escalofrío, cuando él sintió, casi al mismo tiempo, como una vieja angustia olvida-
da en el fondo de la garganta, ambos comprendieron que,
en el mismo instante, acababan de echar sin querer una última mirada a su antigua soledad.

Y ambos se preguntaban cómo habían podido vivirla.

—Mañana...—repetía ella.

Ya no habría habitación en Manhattan. Ya no sería necesario. Podían ir a cualquier sitio y tampoco había necesidad de un disco en un pequeño bar.

¿Por qué sonreía ella, tiernamente burlona, en el momento en que se encendió la lámpara, colgando del cable,
en casa del sastrecillo de enfrente?

Él le apretaba la mano para preguntarle, porque ya tampoco las palabras eran necesarias.

Ella dijo, acariciándole la frente:

—¿Creías que te me habías adelantado, verdad? Creías ir por delante y eres tú, pobrecito mío, el que iba detrás.

Mañana sería un nuevo día, y ese día empezaba a despuntar; ya se oían a lo lejos los primeros ruidos de una ciudad que despierta.

¿Por qué habrían de apresurarse? Ese día era suyo, y todos los que vendrían después, y la ciudad, ésta u otra, ya no podía infundirles miedo.

Dentro de unas horas, esa habitación dejaría de existir. Habría unas maletas en medio del cuarto, y el sillón en el que se habían acurrucado recuperaría su cara hosca de sillón de habitación amueblada pobre.

Podían mirar atrás. Ni siquiera la marca de la cabeza de June en la almohada resultaba aterradora.

Sería Kay la que decidiría. Irían los dos a Francia si así lo deseaba y, con ella a su lado, él recuperaría tranquilamente su puesto. O irían a Hollywood y él volvería a empezar de cero.

Le daba lo mismo. ¿Acaso no iban a empezar de cero los dos?

—Ahora comprendo—confesó ella—que no pudieras esperarme.

Él quería abrazarla. Abría los brazos para estrecharla y ella se escurría, vaporosa, contra el cuerpo de él. El nuevo día la hallaría de rodillas sobre la alfombra poniendo los labios sobre sus manos con fervor y balbuceando:

—Gracias.

Ahora podían levantarse, abrir las cortinas a la luz cruda de la mañana y contemplar a su alrededor la pobre desnudez de la habitación.

Despuntaba un nuevo día y con calma, sin temor y sin desafío, con alguna que otra torpeza porque aún eran demasiado bisoños, empezaban a vivir.

¿Cómo se encontraron uno delante del otro, a un metro el uno del otro, sonriendo ambos, en medio de la habitación?

Como si fuesen las únicas palabras capaces de traducir toda la felicidad que lo embargaba, dijo:

—Buenos días, Kay.

Y ella respondió, con un temblor en los labios:

—Buenos días, François. —Y por último, tras un largo silencio—: Adiós, sastrecillo.

Y al salir cerraron las puertas con llave.

26 de enero de 1946

ESTA EDICIÓN, PRIMERA, DE
«TRES HABITACIONES EN MANHATTAN», DE GEORGES
SIMENON, SE TERMINÓ DE IMPRIMIR EN
SANT LLORENÇ D'HORTONS EN
EL MES DE NOVIEMBRE
DEL AÑO
2021

GEORGES SIMENON
El fondo de la botella
ANAGRAMA & ACANTILADO

Patrick Martin Ashbridge, un abogado que se ha ganado la confianza de la clase acomodada de Tumacacori, en la frontera de Estados Unidos con México, recibe la inesperada visita de su hermano menor Donald, prófugo que cumplía condena por un intento de asesinato, hombre débil, irresponsable y, sin embargo, dotado de un extraño poder de persuasión. La llegada del fugitivo, que confía en cruzar la frontera aprovechando la crecida del río Bravo con las inmisericordes tempestades de la estación de lluvias, alterará la tranquilidad de la pequeña comunidad de rancheros y enfrentará a los dos hermanos, que se debatirán entre el amor y el odio, el rencor y la culpa. En este paisaje tan inexorable como el destino, cuya realidad social e histórica sigue invariable, Simenon urde uno de sus más notables *romans durs*, el primero de su etapa americana, donde recrea una compleja trama familiar de resonancias bíblicas, freudianas y, por qué no, autobiográficas.

GEORGES SIMENON
Maigret duda
ANAGRAMA & ACANTILADO

Una carta anónima advierte a Maigret de que está a punto de cometerse un asesinato. Tras una eficaz investigación, su equipo de la Policía Judicial descubre que la misiva proviene del domicilio de Émile Parendon, un reputado abogado que autoriza al comisario a registrar su lujoso apartamento de los Campos Elíseos. Sin embargo, la identidad tanto del autor de la carta como de la víctima continúan siendo un misterio. Para evitar el anunciado crimen, Maigret interrogará durante dos días al sospechoso, pero pese a sus esfuerzos no podrá evitar la tragedia. Cuando aparezca el cadáver, todos en la casa del abogado Parendon tendrán algo que ocultar: para resolver el crimen el detective deberá penetrar en la elusiva y compleja red, hecha de apariencias y mentiras, de la alta sociedad parisina.